La Citadelle des cauchemars

Christian Lehmann

La Citadelle

des cauchemars de la mort qui tue

Médium
11, rue de Sèvres, Paris 6e

Du même auteur à *l'école des loisirs*

Dans la collection MÉDIUM

No pasarán, le jeu
La nature du mal
Tant pis pour le sud

Loi n° 49.956 du 16 juillet 1949 sur les publications destinées à la jeunesse : septembre 1998
Dépôt légal : avril 2006
Imprimé en France par Bussière à Saint-Amand-Montrond
N° d'édit. : 8855. N° d'impr. : 061342/1.

À Ambrose, Arthur, Bram, Charles,
Clark, Claude, Edgar, Fritz, Guy,
Harlam, Howard, John, Mary, Peter,
Ray, Richard, Robert, Ronald,
Stephen, Théodore, William
et bien sûr Garry

Tout était de la faute de Grand-Père. Mon père l'avait toujours dit, et Maman avait bien dû finir par l'admettre à son tour quand le psychiatre lui-même avait porté le diagnostic. Bien sûr, je n'avais pas tout compris. Je comprenais rarement tout ce que disait le Dr Gold, mais sa voix, douce, sereine, suffisait souvent à me convaincre qu'il avait raison. Ce jour-là, ses explications n'étaient pas plus claires pour moi qu'à l'accoutumée, mais il me suffisait d'observer l'attitude de mes parents, de voir Maman se liquéfier peu à peu, baisser les yeux, porter la main à ses tempes comme pour calmer une migraine, il me suffisait de voir mon père se redresser sur son siège, adressant des hochements de menton affirmatifs au Dr Gold comme pour l'encourager à charger encore la barque de Grand-Père, pour savoir que nous avions enfin trouvé à mes Insomnies, sinon une solution, du moins un début de réponse, en tout état de cause un responsable.

Il faut dire que, de mes Insomnies, mes parents en avaient soupé, comme disait mon père. Les premières nuits, il avait simplement grommelé, mal réveillé, et s'était retourné avec un grognement agacé en tirant les couvertures à lui tandis que Maman soulevait les draps pour m'accueillir de son côté du lit. Mais au fil des jours, tandis que les Cauchemars, enfin, le Cauchemar, puisque c'était toujours le même, devenait plus intense, plus terrifiant, la protection de Maman se révéla bientôt insuffisante pour apaiser mes angoisses et me permettre de retrouver le sommeil. J'attendais, les yeux grands ouverts dans le noir, que mes parents se soient rendormis, pour escalader précautionneusement le corps de Maman et me glisser entre elle et mon père, en prenant soin de ne pas toucher ses jambes avec mes pieds froids.

Blotti entre Maman et mon père, ma terreur se dissipait peu à peu. Du moins dans un premier temps. S'Il venait me chercher, Il réveillerait à coup sûr l'un de mes parents, et j'étais certain qu'aucun Cauchemar ne résisterait longtemps à mon père. D'ailleurs, c'est bien simple, je ne connaissais rien qui résiste à mon père. À part peut-être Grand-Père, mais il était mort depuis six mois déjà. C'était à ce moment-là que les Insomnies avaient commencé.

Pourtant j'avais pris toutes les précautions, longtemps même avant la disparition de Grand-Père. Pour éviter d'attirer l'attention des Cauchemars, j'avais mis en place une série de rituels de protection. Les Cauchemars ne s'intéressaient qu'à ceux qui menaient une vie dissolue, une vie dérangée, dans les histoires de Grand-Père. Je ne savais pas trop ce que « dissolue » voulait dire, mais j'imaginais, après avoir jeté un œil dans le dictionnaire, que c'était un mot comme « dissolvant », et que ça signifiait que quelque chose ne collait pas rond dans la vie de ces gens-là. Une vie dérangée, par contre, c'était clair. C'étaient des gens qui n'avaient pas fait attention à leurs affaires, et qui n'avaient eu, au bout du compte, que ce qu'ils méritaient... C'est ce que disait Grand-Père, en tout cas, en oubliant sans doute le cas de sainte Radegonde. Mais son histoire à elle me faisait tellement peur, encore bien plus que toutes les autres mises bout à bout, que je n'osais jamais lui en parler, et que je faisais de gros efforts pour ne pas même y penser. Parce qu'elle n'avait jamais rien fait de mal, sainte Radegonde. Elle était nonne, dans un couvent, au Moyen Âge. Et un beau jour, comme ça, hop !, elle avait été happée par un démon, sur le parvis de la chapelle de son couvent, et entraînée en Enfer. Une nonne. Dans un couvent. Cette histoire-là me faisait vraiment flipper à mort, parce que si elle était vraie, alors personne n'était à l'abri.

Lorsque j'ai parlé au Dr Gold de mon rituel de déshabillage, ses yeux ont brillé derrière ses lunettes, et il s'est penché en avant sur son bureau. C'était au bout de la cinquième ou sixième séance avec lui, et jusque-là, semble-t-il, je n'avais rien dit qui ait suscité ainsi son intérêt. J'avais raconté un tas de choses, tout ce qui me passait par la tête, mais je n'avais pas osé parler du Cauchemar lui-même, ni de ce qui l'avait fait naître. Je craignais, en le nommant, de lui donner vie. Mais au bout de ces cinq premières séances, j'étais à court d'anecdotes sur ma vie au collège, de descriptions de mes professeurs, des héros de dessins animés que je préférais. J'avais épuisé tous les sujets, et il ne me restait plus que le Cauchemar.

Je n'en avais jamais parlé à personne, surtout pas comme ça, en plein jour. Qui sait si cela ne risquait pas de le libérer, de lui donner encore plus de pouvoir sur moi ? Alors j'avais biaisé, en décrivant dans un premier temps mes habitudes du soir.

– Tous les soirs, avais-je commencé, je tire les rideaux de ma chambre en faisant bien attention à ce que les deux pans se recouvrent complètement, afin de ne laisser aucun interstice pour la lumière du dehors. J'ai même chapardé des pinces à linge sur le séchoir du balcon pour m'assurer que le rideau ne s'entrouvre pas, mais rien n'y fait...

Le Dr Gold ne disait rien, comme à son habitude. Il griffonnait de temps en temps quelque chose sur son carnet de cuir noir, mais de là où j'étais, allongé sur son divan, je ne pouvais rien voir. J'imagine qu'il prenait des notes sur mon cas, mais il aurait pu dessiner des pélicans bloqués sur un remonte-pente, je n'en aurais rien su...

– Ensuite, je me déshabille et je pose délicatement mes vêtements sur une chaise au pied du lit. Le pantalon bien plié sur le dossier, de façon à ne pas froisser le tissu, le pull posé de façon à ne pas faire dépasser une manche, les chaussures rangées côte à côte, la pointe tournée vers l'extérieur.

Maman avait remarqué mon manège, et m'en avait félicité. Mais le Dr Gold réagit très différemment. Il haussa les sourcils, cessa de noter :

– Tu ne fais pas cela seulement par souci de rangement, n'est-ce pas ?

Je secouai la tête négativement, à la fois effrayé et soulagé par sa perspicacité. Enfin, ça y était, j'allais devoir, j'allais pouvoir en parler à un adulte sans que cela soit ma faute. Si quelque chose de terrible arrivait au Dr Gold, je pourrais toujours me raisonner en me disant que sa curiosité en était la cause.

– Non, ce n'est pas pour ranger. C'est pour éviter de me faire remarquer.

– Remarquer par qui ?

– Par le Cauchemar.

Le docteur Gold hocha la tête d'un air entendu, et, mis en confiance, je lui expliquai ce que je n'avais jamais osé avouer à mes parents. Je lui racontai ce qui se passait dans ma chambre, toutes les nuits, vers deux heures du matin.

C'est à la suite de cette séance que le Dr Gold demanda à voir mes parents, et leur expliqua que l'influence de Grand-Père, et toutes les histoires étranges qu'il prenait plaisir à me raconter, étaient responsables de mes troubles actuels :

– Depuis le décès de votre père, madame, dit-il en s'adressant à Maman, votre fils Vincent, inconsciemment, évoque parmi ses souvenirs ce qui lui rappelle son grand-père. C'est une manière de le faire exister encore. Malheureusement, Vincent semble avoir gardé de ces soirées passées à veiller avec son aïeul des images très dérangeantes. Je ne pense pas que votre père se soit rendu compte à quel point les histoires cruelles qu'il prenait plaisir à raconter avec force détails peuvent être traumatisantes pour un esprit en formation. Certes, les enfants adorent se faire peur, il n'y a qu'à voir les livres qu'ils lisent, les films qu'ils vont voir, les jouets horribles dont ils raffolent…

– Personnellement, j'ai horreur de ces trucs-là, coupa mon père. C'est malsain, vulgaire !

– C'est plus compliqué que cela, reprit le Dr Gold, d'un ton légèrement sentencieux. L'attirance des enfants pour tous ces monstres en plastique, ces objets gluants, ces livres destinés à faire peur, est parfaitement naturelle. Elle leur permet de se constituer une identité, de se façonner par rapport à l'extérieur, à ce qui est considéré comme monstrueux ! Il ne faut pas empêcher les enfants de jouer avec des personnages horribles, ni de lire des histoires à faire peur écrites spécialement à leur intention ! Vous comprenez bien que tous ces objets de consommation courante sont soigneusement étudiés par des équipes de pédagogues, de psychologues, d'experts, et ne représentent pas de danger pour un adolescent normalement constitué. Prenez cette collection qui fait fureur dans les cours de récréation... « Grand frisson », je crois...

– Non, c'est « Sueurs froides », marmonnai-je.

– Ah ! vous voyez ! reprit le Dr Gold. Tous les adolescents connaissent, et adorent ça...

Mon père semblait perplexe. Il m'avait expressément interdit de lire ce genre de livres, surtout depuis que le Cauchemar avait commencé. Je ne pouvais donc pas leur dire que j'en avais feuilleté deux ou trois, qui m'étaient tombés des mains. C'était un secret honteux que j'avais été obligé de garder pour moi tout seul. Mes copains de classe ne juraient que par cette collection, et s'en échangeaient les nouveaux titres à la récréation. Mais après plusieurs tentatives infructueuses, j'avais abandonné. Comparées aux histoires de Grand-Père, les horreurs convenues de la collection « Sueurs froides » n'avaient aucune prise sur moi.

– Nous ne sommes pas ici, cependant, pour juger des mérites littéraires et pédagogiques de ces collections pour enfants, reprit le Dr Gold, mais pour traiter du cas de votre fils, qui est bien différent. L'insistance morbide de votre père, madame, à inculquer à Vincent les légendes les plus rétrogrades de notre patrimoine culturel relève de l'inconscience. Je ne suis pas étonné que Vincent n'arrive pas à dormir ! Ce qu'il nomme pudiquement ses insomnies sont en fait causées par des cauchemars terrifiants !

Pendant tout ce discours, Maman n'avait rien dit. Elle semblait accablée, abasourdie. Mon père hochait la tête, ponctuant chaque phrase du Dr Gold d'un soupir de rage à peine contenue. Je savais d'avance ce que Maman allait avoir à subir une fois que nous serions rentrés à la maison. Mon père n'avait jamais apprécié Grand-Père, et il allait s'en donner à cœur joie.

– Jusqu'à présent, nous n'avons pas beaucoup avancé en séance parce que Vincent semble avoir refusé de parler de ses cauchemars, de peur de propager leur contenu dans l'existence d'une tierce personne, un peu à l'image de ce que son Grand-Père a fait avec lui. Cette réaction nous a fait perdre beaucoup de temps, mais elle témoigne chez Vincent d'une maturité et d'un respect d'autrui qui me semblent de très bon augure. Ne dramatisons pas ! Je sais à quel point les insomnies de Vincent ont pu vous tracasser, mais il ne s'agit en fait que d'une forme d'apprentissage un peu délicate de l'adolescence, et non pas, comme vous aviez pu le craindre, monsieur, d'une pathologie plus grave.

– Oh, vous savez, docteur ! Si vous connaissiez la famille de ma femme...

Le Dr Gold se leva brusquement, coupant net aux récriminations de mon père, ce que j'observais avec surprise et un certain contentement.

– Notre prochaine séance aura lieu jeudi prochain. Vous verrez, bientôt tout sera rentré dans l'ordre.

– Sais-tu ce qu'est une phobie, Vincent ?

– Non.

– C'est une peur irraisonnée, qu'éprouvent certaines personnes dans une situation donnée. Tiens, laisse-moi te donner un exemple : certaines personnes sont terrifiées à l'idée de se retrouver dans une foule, d'autres ont une peur panique des chats, ou des araignées, d'autres encore craignent d'avoir laissé couler le robinet dans la salle de bains et se relèvent quinze fois de suite, chaque soir, après s'être lavé les dents, pour vérifier.

Je ne me lavais pas les dents tous les soirs, mais je n'osais pas aggraver mon cas en le révélant au Dr Gold.

– Mon Cauchemar, c'est une Phobie, alors ?

– Non, pas exactement, mais je pense

que le moyen de le combattre est identique.

– Ah bon ?

– Oui. Dans le cas d'une personne qui a peur de la foule, par exemple, qui passe son temps à fuir les endroits où il y a un peu trop de monde, qui évite de faire ses courses aux heures d'affluence, qui évite les files d'attente des films à succès... Le traitement consiste à faire prendre conscience à la personne de son trouble, du fait que celui-ci lui cause une souffrance mais ne repose sur rien : elle n'a rien à craindre en réalité des gens qui se promènent autour d'elle dans la rue, des gens qui attendent pour voir le film. Sa phobie, qu'elle a elle-même créée de toutes pièces, ne repose sur rien, on pourrait dire qu'elle est sa pire ennemie... Le moyen de la combattre est, évidemment, de l'affronter directement. De trouver le courage de se mettre dans la situation redoutée. Lorsque la personne se rend compte qu'il ne se passe rien de ce qu'elle avait craint, que personne dans la rue ou dans la file d'attente ne cherche à lui faire du mal, elle se sent soulagée, délivrée. Tu comprends?

Le Dr Gold parlait d'une voix douce, apaisante, mais j'entrevoyais ce qu'il allait me demander de faire, et ça ne me plaisait pas du tout.

En plein jour, la proposition du Dr Gold avait pu sembler, je ne dirais pas raisonnable, alléchante, mais enfin pas totalement aberrante. À une heure et demie du matin, seul dans mon lit, dans l'obscurité la plus totale, je n'arrivais pas à comprendre par quelle folie j'avais été amené à lui promettre d'accomplir l'exploit qu'il m'avait demandé de réaliser.

– Je suis sûr de pouvoir te faire confiance, avait dit le Dr Gold. Tu es assez mûr pour comprendre à quel point c'est important pour ton avenir...

Il n'avait pas eu besoin d'en dire beaucoup plus. J'étais flatté, certes, mais j'imaginais surtout clairement ce qui risquait de m'arriver si je n'arrivais pas à me débarrasser de mes Phobies. Je n'avais pas envie de devenir comme ces adultes terrifiés par la vie, les chats, les araignées, les passages à niveau, les files d'attente. J'imaginais quel enfer ce devait être, tous les soirs, au moment de sombrer dans le sommeil, de se sentir poussé à se relever pour aller vérifier pour la dixième fois que le robinet d'eau ne coulait pas, que la porte était bien fermée à clef, que le gaz était éteint et que la machine à laver la vaisselle n'était pas en train de siffler comme une Cocotte-minute. Il fallait que je m'en sorte, il fallait que je fasse preuve de courage, pour être libéré une fois pour toutes de cette peur irraisonnée, comme disait le Dr Gold. Tout cela avait semblé clair, net, précis, en plein jour. Au fur et à mesure que deux heures du matin approchaient, je n'étais plus sûr du tout d'avoir fait le bon choix.

Malgré la tension, j'ai dû m'assoupir quand même, vaincu par la fatigue, parce que lorsque le Cauchemar a griffé le carreau la première fois, je n'ai rien entendu.

J'ai entrouvert les yeux, persuadé d'avoir entendu un bruit. Rien. Puis, à nouveau, le crissement de la griffe sur le verre. Je me suis recroquevillé dans mon lit, prêt à étouffer sous les couvertures plutôt que de risquer de me faire voir. Il est très fort, le Dr Gold, parce qu'au moment où je m'enfouissais dans les profondeurs de ma literie, une image s'est imposée à mon esprit, une image presque aussi horrible que ce que je craignais de trouver de l'autre côté de la fenêtre. Je me suis vu, à trente ans, devant la glace de la salle de bains, vêtu d'un pyjama hyper-moche, avec une sorte de bonnet de nuit sur la tête. Je me relavais les mains pour la centième fois de la soirée, le menton secoué de tremblements, les paupières tressautant de tics bizarres, l'œil à l'affût du moindre insecte. Tout plutôt que finir comme ça, me suis-je dit. J'ai repoussé les draps, sans réfléchir, j'ai tiré les rideaux, et j'ai regardé dehors, dans la nuit noire. On était au sixième étage, et comme le Dr Gold me l'avait expliqué, il n'y avait personne. Qui pourrait cogner au carreau au sixième étage d'un immeuble en pleine nuit ? Personne, évidemment, c'était logique. Et si, au moment où j'allais retourner au lit, enfin soulagé, j'apercevais clairement la trace d'une griffe près de la poignée de la fenêtre, à même le verre, que devais-je en conclure ? Rien. Rien du tout. Je n'allais pas m'arrêter si près du but, après avoir enfin exorcisé mes Cauchemars. Pris d'une euphorie soudaine, j'ai grimpé sur le lit et j'ai ouvert la fenêtre en grand, laissant passer l'air du dehors, laissant le froid vivifiant pénétrer dans la pièce.

– Il n'y a rien, ai-je murmuré.

Au-dehors, je découvris le tranquille

paysage nocturne que je n'avais pas revu depuis des mois : l'avenue bordée de lampadaires qui menait à la mairie et au lycée, le parking en bordure de forêt, au loin, de l'autre côté du fleuve, les phares d'un camion sur l'autoroute.

– Il n'y a rien, ai-je répété un peu plus fort, bredouillant de soulagement. Rien de rien.

J'ai refermé la fenêtre, délivré d'un grand poids. Et, dans mon dos, une voix a murmuré :

– **Enfin...**

J'ai sursauté. Un rayon de lune éclairait le plancher de ma chambre et, à sa faible clarté, je vis quelque chose que je pris d'abord pour un serpent visqueux fouetter le sol à quelques centimètres des pieds de mon lit. Puis je pris conscience d'une présence dans ma chambre, d'une présence massive. Mes yeux s'étaient habitués à la pénombre. Je suivis la courbe du serpent sur le sol, réalisai que ce n'était pas un serpent, mais une queue. La queue d'une Créature gigantesque, dont la tête et les épaules frôlaient le plafond de ma chambre.

– **Enfin**, répéta la Créature.

Et sa voix, qui m'évoqua le son d'une porte de granit se refermant lourdement au fond d'une crypte, recelait une immense fatigue et un agacement perceptible.

– Ne m'approchez pas! Je n'ai rien fait! Ce n'est pas ma faute!

La Créature soupira, et avança lentement vers moi. Le rayon de lune me dévoila sa face de pierre piquetée de salpêtre, ses canines émoussées par les siècles, mais encore très impressionnantes.

– Vous êtes une gargouille ! Je sais qui vous êtes ! Vous ne pouvez rien contre moi, parce que je sais ce que vous êtes !

C'était une des astuces que j'avais repérées au fil des légendes que me racontait Grand-Père : connaître le nom secret d'un monstre, nommer un démon, c'était une façon d'avoir prise sur lui, de pouvoir le maîtriser. Du moins était-ce ce que professaient les vieux grimoires écrits, des siècles plus tôt, par des magiciens aujourd'hui disparus… Jusqu'à ce moment, je dois l'avouer, je n'avais pas pensé à me demander pourquoi, si ce sortilège fonctionnait aussi bien qu'ils l'affirmaient, ils avaient quand même disparu…

La Créature sourit, et ce sourire, découvrant deux rangées de dents acérées derrière celle que j'avais déjà vue, me fit pâlir de terreur. Trois rangées de dents! Je n'avais jamais entendu parler d'une telle créature.

– **Une gargouille! Quelle idée! Mais je vois que tu es un petit futé! Ça fait des siècles que l'on n'a pas essayé le Sort de Maîtrise avec moi. Des siècles! Le Gardien avait raison, tu n'es vraiment pas comme les autres enfants de ton âge...**

– Le Gardien?

– **Oui. Le Gardien. Celui qui attend. Celui qui t'attend,** répéta la Créature en tendant une main gigantesque dans ma direction.

Je me recroquevillai sur le lit, tentai de hurler, mais pas un son ne sortit de ma bouche. C'est un Cauchemar, balbutiai-je pour moi-même, une Phobie. Une peur irraisonnée née de mon imagination. C'est le Dr Gold qui l'a dit, et c'est un docteur qui sait plein de trucs et qui a fait plein, plein d'études et qui a plus de diplômes sur les murs de son cabinet qu'il n'y a d'images à collectionner dans...

La patte de la Créature enserra mon bras. Une patte griffue, pesante, bien réelle. Je n'avais pas fait beaucoup d'études, mais je sus, immédiatement, clairement, que, sur ce coup-là, le Dr Gold s'était planté. Malheureusement, je n'aurais probablement plus jamais l'occasion de le lui dire.

Je garde un souvenir horrible de notre vol dans les airs. La terreur qui m'avait saisi, la vitesse vertigineuse à laquelle la Créature se déplaçait, le froid glacial qui régnait là-haut, au-dessus des nuages, aux confins de l'atmosphère terrestre, eurent raison de moi. Je dus perdre connaissance. Lorsque je revins à moi, je me trouvais dans un paysage inconnu, allongé sur une herbe rêche, au pied d'un monticule de pierre. Le ciel était invisible au-dessus de ma tête, comme s'il avait été remplacé par un couvercle sombre.

– Où suis-je ? demandai-je, à personne en particulier.

À ma gauche, le monticule de pierre frémit, se mit en mouvement. Une fine pellicule de poussière glissa à terre, comme la Créature quittait son apparence de caillou pour se dresser à nouveau devant moi. Elle déplia ses ailes avec un claquement sec, s'ébroua.

– **Nous sommes encore loin de la demeure du Gardien**, dit-elle en tendant une griffe au-dessus de ma tête.

Je suivis son bras, découvris, de l'autre côté d'un fleuve d'eau croupie, ce qui m'apparut être une Citadelle, sur la ligne d'horizon.

– Je ne veux pas y aller.

La Créature montra les dents. En pure perte. Je réalisai que je n'avais plus vraiment peur d'elle. Si elle avait voulu me déchiqueter, me dévorer, elle aurait eu mille fois l'occasion de le faire.

– **Je n'ai pas l'habitude qu'on me résiste**, grogna-t-elle d'un air menaçant.

– Il va falloir vous y faire.

Interloquée, la Créature resta muette, puis fit mine de me prendre à nouveau dans ses griffes.

– Pas question, criai-je en m'esquivant. Je refuse de remonter là-haut. Il fait un froid de canard et ça me donne le vertige.

Et pour prouver ma bonne foi, je me mis en marche dans la direction de la ville qu'elle m'avait indiquée. En deux battements de ses ailes de pierre, la Créature atterrit devant moi, me barrant le passage.

– **C'est trop dangereux,** dit-elle. **Il y a le Marais à traverser. Le Marais de l'Ennui.**

– Je m'en fiche. Je ne veux plus me faire porter. Ça me donne la nausée.

– **Je n'ai jamais transporté quelqu'un d'aussi pénible que toi,** grommela la Créature. **À part peut-être cette enquiquineuse de Radegonde.**

– Radegonde ? Sainte Radegonde ?!

– **Évidemment, tu en connais beaucoup d'autres ?**

– Et vous l'avez enlevée à la sortie d'une église ? Qu'est-ce qu'elle avait fait de mal ?

– **Tu demanderas ça au Gardien, si**

nous arrivons jusqu'à lui. À pied, cela nous prendra des jours et des jours.

– Comment fais-tu la différence entre les jours et les nuits, ici ? Il n'y a ni ciel ni soleil au-dessus de nos têtes.

– **Le soleil ne pénètre pas ici. Tu sauras que nous approchons de la Citadelle quand tu entendras les murmures des Conteurs.**

– Les Conteurs ?

– **J'en ai trop dit, déjà. Tu es pire que Radegonde. Avance, ou nous n'y arriverons jamais.**

La Créature avait raison. Nous marchâmes pendant des heures sans voir âme qui vive. Si au moins j'avais pu admirer le paysage ! Mais le terrain que nous traversions était aride, parsemé de quelques cailloux et de rares touffes d'herbe momifiée. Pas d'arbres, pas de collines. Rien.

– Ton Gardien habite vraiment l'endroit le plus moche de la terre, dis-je enfin, plus pour renouer la conversation que pour taquiner la Créature.

À ma grande surprise, son front se plissa comme sous l'effet d'une profonde douleur, et elle laissa échapper, d'une voix mélancolique :

– **Il n'en a pas toujours été ainsi.**

– Qu'est-ce que tu veux dire par là ?

– **Il fut un temps où la Citadelle s'étendait tout autour de nous. Du haut des minarets, Schéhérazade inventait chaque jour de nouveaux contes, de nouveaux monstres. Dans les ruelles de la vieille Europe, François ripaillait avec les corbeaux et les gargouilles de Notre-Dame...**

– Qu'est-il advenu de tout cela ?

– **Ils ont disparu, ils ont glissé dans l'oubli. L'Ennui les a engloutis.**

Je ne répondis pas de suite, ruminant cette dernière phrase. L'Ennui… Effectivement, je n'avais jamais traversé paysage plus ennuyeux de ma vie. Même les couloirs du collège, un jour de colle, étaient plus distrayants que cette morne plaine. Je soupirai, tête baissée sur mes chaussures, quand la Créature laissa échapper un grognement de satisfaction.

– Qu'y a-t-il ?

– **Nous approchons. Tu t'ennuies, nous approchons.**

– Je ne comprends pas.

– **La plaine est infinie, comme était infinie la Citadelle aux temps anciens. Il n'est plus possible de la traverser sans ressentir un Ennui profond. Maintenant que tu t'ennuies, nous approchons du but.**

– Je ne comprends rien à cette logique.

– **Ce n'est pas une question de logique, c'est une question de rythme**, répondit la Créature.

Elle humait l'air, aux aguets.

– Qu'y a-t-il ?

– **La rive est proche. Sois prudent.**

Je regardai devant nous et vis, effectivement, qu'une étendue d'eau bourbeuse nous séparait de notre but. De loin, j'avais cru qu'il s'agissait d'un fleuve. Mais c'était autre chose, quelque chose que je n'avais jamais vu. Une sorte de grand marais qui entourait la Citadelle. Et comme je scrutais les remparts de celle-ci (de loin, elle m'avait paru beaucoup plus grande), une tour médiévale surplombant le marais se fissura et sombra lentement sous les eaux.

– **Nous devons faire vite. Il ne reste presque rien**, dit la Créature, m'empoignant pour me forcer à avancer plus vite.

Je résistai, poussai un cri :

– Mais on ne va pas traverser ça ! criai-je. Regarde, c'est comme de l'acide.

Je montrai du doigt l'autre rive. La Citadelle s'effondrait comme un château de sable sous l'action des vagues.

– **Tu n'as rien à craindre. Il te suffit d'avancer droit vers la Citadelle sans te laisser distraire en route.**

– Non, je ne veux pas. Porte-moi. Je fermerai les yeux. Si tu ne montes pas trop haut, ça devrait aller.

– **C'est trop tard**, dit la Créature.

Elle déplia ses ailes, mais il n'en restait presque rien. Quelques arêtes de pierre, comme les nervures d'une feuille morte.

– Qu'est-ce qui t'arrive ?

– **Le Gardien avait raison. Il ne restait plus que toi. Tu aurais dû m'ouvrir ta fenêtre plus tôt.**

– Mais j'avais peur! criai-je, les larmes aux yeux.

– **Tu dis ça pour me faire plaisir**, dit la Créature en souriant. **Maintenant, va.**

– Tu ne viens pas avec moi?

– **Si je mets une patte dans ce marécage, je finirai comme ça**, dit la Créature en montrant la Citadelle, où une cathédrale gothique, rongée par la base, s'abîmait dans les flots.

– Je reviendrai, dis-je, et sans attendre de réponse, je mis un pied dans l'eau, puis l'autre.

Il ne se passa rien. Pas de bouillonnement d'acide, pas de fumée nauséabonde. Rien. J'avançai, un peu plus vite, m'apprêtant à devoir nager, mais l'eau, arrivée à la hauteur de mes genoux, ne monta plus. Je me mis à courir, fixant la Citadelle, qui disparaissait à vue d'œil. J'avais parcouru une centaine de mètres quand :

– … et nous accueillons un nouveau sympathique candidat. Comment t'appelles-tu ?

Interloqué, je ralentis l'allure. À ma droite, surgi du marais, un homme en costume-cravate, une pile de petites fiches à la main, me souriait d'un air ravi. J'étais sûr de l'avoir déjà vu, mais où ?

– …Tu as perdu ta langue ? Allons, dis-moi, quel âge as-tu ?

– … Douze ans… Mais qui…

– Douze ans ! Le bel âge, en vérité. Choisis une question. Question bleue : cinquante ans de séries télévisées, ou question rouge : variétés…

– **Cours, petit homme**, hurla la Créature, derrière moi. **Cours !**

Sans réfléchir, je fis ce qu'elle m'ordonnait, laissant derrière moi l'homme aux fiches. Je parcourus encore cent mètres quand :

– ... salon en cuir-vachette tout confort, ou... ce magnifique Pentium II multimédia, cadencé à une vitesse d'horloge de 666 mégahertz, avec écran de 19 pouces non entrelacé et lecteur de DVD-Rom, d'une valeur de 16 499 francs !

Je ralentis l'allure, comme surgissait hors du marécage un plateau tournant sur lequel reposait l'ordinateur de mes rêves. Malgré moi, je m'arrêtai, et un autre homme en costume-cravate se pencha vers moi avec sollicitude :

– Tu as donc vingt-cinq secondes pour nous donner le juste prix de ces cinq articles présentés par notre partenaire Consorama. Consorama, la consommation en télé-achat, la consommation en pyjama... Voici donc les cinq objets: une règle de tapissier, une paire d'enceintes 12 watts, un lot de produits du terroir, un cache-décodeur et une étagère d'angle rotative... Au top, tu auras vingt-cinq secondes pour classer ces cinq panonceaux chacun marqué d'un prix différent. Le juste prix, bien entendu, mais lequel?

– **Cours, ne t'arrête pas! Cours!**

Je me retournai pour faire signe à la Créature de se tranquilliser. Il n'y en avait que pour vingt-cinq secondes, après tout, et un ordinateur d'une valeur de 16 499 francs était en jeu!

– **La Citadelle!** tonna la Créature, pointant un doigt sévère vers l'autre rive.

Et comme je jetais un œil dans cette direction, je vis s'écrouler une des dernières hautes murailles de la ville. De la Citadelle, il ne subsistait qu'une petite colline couverte de minuscules habitations de pierre. Dans quelques minutes, il n'en resterait plus rien.

Je repris ma course, laissant derrière moi le juste prix et l'ordinateur. Le marécage bouillonnait de toutes parts, vomissant un flot d'hommes et de femmes couverts de fond de teint qui tentaient d'attirer mon attention. Certains cherchèrent même à m'agripper au passage, mais le câble de leur oreillette les retenait en arrière.

– … au-dessus de l'Île-de-France, le nuage de pollution… quoi qu'en disent mes adversaires, il ne s'agit pas ici de politique politicienne… c'est une journée en demi-teinte à la Bourse de Paris… sans garantie de favoriser l'emploi… la désertification de nos campagnes, info ou intox… le neuf, le quarante-deux, le douze… les Français qui m'ont toujours fait confiance…

Je laissai les présentateurs derrière moi. La vase ralentissait mes mouvements. À chaque foulée, les muscles de mes cuisses protestaient.

– Ah, je le crois pas, que tu vas sortir avec Lætitia !

Une cascade de rires déferla sur moi. J'hésitai, regardai sur ma gauche. Trois garçons bronzés en T-shirt moulant, souriant comme des pubs de dentifrice, discutaient dans une salle de gym.

– Tu vas avoir que des problèmes avec elle, c'est une intellectuelle.

Le garçon qui avait parlé attendit

quelques secondes avant de continuer, le temps qu'une nouvelle rafale de rires en conserve retentisse autour de nous.

– Elle lit même des livres !

– Avec des pages ! souligna le troisième, soulevant son T-shirt pour ventiler ses abdominaux huileux.

Comme je continuais ma course sans ralentir, ils se tournèrent tous trois vers moi et, avec des sourires de faux jetons, tentèrent de me retenir :

– Attends, t'en va pas ! Sois notre ami ! Achète notre CD deux titres ! Vu à la télé ! Et notre poster dédicacé, contre 12 francs en timbres ! Et bientôt nos images à collectionner ! Chez ton marchand de journaux ! Échange-les à la récré avec tes copains !

Je les dépassai sans difficulté. La Citadelle, enfin, ce qu'il en restait..., n'était plus qu'à quelques dizaines de mètres. La terre alors trembla sous mes pas, et je perdis l'équilibre, faillis tomber la tête la première dans l'eau.

– Tu oses me défier, vermine sidérale ! hurla une voix stridente dans mon dos, tandis qu'une ombre immense me recouvrait.

Je virevoltai pour faire face. Un être aux traits démoniaques, aux énormes yeux noirs globuleux, se tenait devant moi. Des éclairs d'électricité statique auréolaient ses cheveux dressés comme des endives jaunâtres autour de sa tête. La bouche tordue par un rictus figé, il avança sur moi.

– Tu vas mourir, intrus ! cria-t-il, et ses lèvres, mal synchronisées, continuèrent à remuer encore un instant après qu'il se fut tu.

Je pouffai de rire, tant les traits du monstre étaient grotesques.

– On ne se moque pas impunément du Guerrier de l'Espace ! Tâte donc de mon fulguro-laser de la mort qui tue, immonde vermisseau, hurla-t-il, et ses yeux lancèrent des flammes dans ma direction.

L'une d'entre elles passa juste au-dessus de ma tête, et je sentis une odeur de grillé dans l'air comme mes cheveux roussissaient.

Le monstre se lança à ma poursuite, vociférant silencieusement en gros plan. De près, il était encore plus mal dessiné. Une de ses turbo-griffes lacéra ma chemise, et une douleur aiguë me transperça.

« *Il peut me tuer*, pensai-je. *Il a beau n'être qu'un dessin animé japonais, et un dessin animé japonais extrêmement nul, il peut quand même me tuer !* »

Je tâchai de le distancer, mais mes jambes tremblaient maintenant de fatigue, et le vacarme de mille voix dissonantes venait s'interposer entre la rive et moi :

– La roue tourne… de bien belles images, qu'on aimerait voir plus souvent… sur le circuit de Formule 1 de Monza, en pole position… vous pouvez reprendre une activité normale… du sol au plafond, la puissance industrielle au service d'une propreté toujours… à l'échéance de la monnaie unique… une industrie automobile performante, pour plus de vitesse… une question d'honneur et de dignité… le huit, le quatorze, et le quarante-six…

Je titubai, les dents serrées. En quelques enjambées, le monstre fut sur moi. Ses griffes enserrèrent mon épaule, me jetèrent à genoux. Je lui fis face, le vis lever le bras pour le coup de grâce. Il ouvrit la bouche pour hurler une dernière insulte mal synchronisée, mais n'en eut pas le temps. Quelque chose se jeta sur lui, le mordit sauvagement à la nuque, lui arracha la tête, dans un jaillissement de vilaines couleurs primaires. Le monstre se dispersa dans l'eau croupie du marécage, et il ne resta plus au milieu de cette flaque huileuse que le corps pantelant de la Créature. Elle semblait avoir du mal à se relever. Je tentai de l'aider. Elle était légère, horriblement légère, et je me rendis compte avec horreur que, sous la surface de l'eau, ses pieds, ses jambes, son abdomen, avaient été rongés par le marécage comme par de l'acide :

– **Qu'est-ce que tu attends ? Pars !** aboya-t-elle.

– Je... je ne peux pas te laisser.

– **Si tu restes, ce que j'ai fait n'aura servi à rien**, dit-elle plus doucement.

Et elle ferma les yeux.

Ravalant mes larmes, je mis enfin le pied sur la berge. L'île, car ce n'était plus qu'une île, semblait avoir ralenti son naufrage. Je trébuchai, tombai à genoux... Écarquillant les yeux, je vis que le sol, que j'avais pris pour du sable, était constitué de livres. Des dizaines, des centaines, des milliers de livres aux couvertures souples ou rigides, aux pages encore bien lisibles ou jaunies par le temps. J'en pris quelques-uns en main au hasard, creusai pour m'assurer que je ne rêvais pas. Non, sous les livres, il y avait d'autres livres, et encore d'autres livres. J'en étais là de ces constatations quand une voix féminine me fit sursauter :

– Vincent… c'est toi ? Où est Fang ?

Je relevai la tête. Une jeune femme d'une vingtaine d'années, aux longs cheveux noirs, se tenait sur la grève à quelques pas.

– Comment savez-vous mon nom ?

– Où est Fang ? répéta-t-elle.

– Fang… c'est le nom de la Créature ?

Elle acquiesça, puis son regard, s'attardant un instant sur mes lèvres tremblantes, se brouilla.

– Je sais ce que vous pensez, dis-je, j'aurais dû ouvrir ma fenêtre plus tôt.

– L'essentiel est que tu sois arrivé jusqu'ici. Viens, le Gardien t'attend.

Elle parlait d'un ton péremptoire, dans lequel le doute n'avait pas sa place, mais sa voix tremblait d'émotion.

– Il s'est sacrifié pour m'aider à traverser, dis-je encore.

La jeune femme prit ma main, et je gravis la petite colline de livres, sans même m'inquiéter de savoir où elle m'emmenait. Nous marchâmes en silence quelques instants. Elle reniflait discrètement, passait de temps en temps sa main sur son visage comme pour chasser une mèche rebelle. Elle pleurait.

– Je m'appelle Vincent, mais je ne connais pas votre nom.

– Je m'appelle Radegonde. Mais personne ne m'appelle plus comme ça.

– Radegonde ! Vous êtes LA Radegonde ?

– On se connaît ? dit-elle en s'arrêtant net et en me faisant face.

– Non, mais enfin… mon grand-père m'a parlé de vous.

– Qu'est-ce qu'il t'a dit ?

– Que tu… enfin que vous étiez

nonne, et que vous avez été enlevée par un démon, enfin par Fang si j'ai bien compris, sur les marches mêmes de la chapelle du couvent...

La tête de Radegonde bascula en arrière. Elle rit, à gorge déployée, puis reprit sa route.

– Pourquoi riez-vous ? C'est bien Fang qui t'a... qui vous a enlevée...

– Oui, bien sûr. Mais c'était il y a bien longtemps, et le temps a fait son œuvre, a tout déformé.

– Comment ça ?

– Je n'étais pas nonne, et je n'habitais pas dans un couvent. J'avais quinze ans, j'habitais un village des Pyrénées, et j'aimais inventer des histoires à la veillée, pour faire peur à mes amies. Certaines n'appréciaient pas du tout mes histoires et ont fait courir le bruit que j'étais une sorcière. Fang m'a enlevée au moment où les gens du village, accompagnés d'un inquisiteur, s'apprêtaient à m'emprisonner pour me soumettre à la question.

– Quelle question ?

– La torture, Vincent.

– Pour avoir raconté des histoires ?

– On tue des gens tous les jours pour moins que ça, Vincent. Raconter des histoires, ce n'est pas rien.

Au sommet de la colline se dressaient une centaine de mausolées de pierre. De la vraie pierre, grise, veinée d'un lierre griffu qui s'enracinait dans les aspérités de la roche. Une nécropole bâtie sur un îlot de livres, au centre d'une mer d'acide. Je ralentis pour mieux contempler le paysage, mais Radegonde me tira en avant. Nous avançâmes d'un pas pressé entre les tombes, flanqués d'anges rongés par le salpêtre et de grillages aux cadenas soudés par la rouille. Çà et là, je déchiffrai quelques lettres sur une pierre tombale : Cha.... Baudel...., Edg.. Al... .oe, Fr...... ...lon, How... ....lips ...craft, Guy d. ...pass..t.

Radegonde poussa la porte d'un grand monument de pierre aux colonnes étouffées par le lierre, m'entraîna à l'intérieur. Le caveau était vide. Un escalier creusé à même la terre s'enfonçait dans l'obscurité à un coin de la pièce, comme si un monstre souterrain y avait creusé son terrier. Radegonde descendit la première, me lâcha la main pour mieux s'agripper aux parois, aux racines noueuses qui tenaient lieu de rambarde. Je la suivis sans appréhension, curieux de rencontrer enfin le Gardien, prêt à tout. Du moins le croyais-je.

Quatre vieillards étaient assis autour d'une table en marbre, au fond de la crypte. Autour d'eux, les cavités creusées dans le mur avaient été vidées de leurs cercueils, et bourrées de livres. À la lueur d'une lanterne, l'un d'eux se tourna vers nous. Son visage long, anguleux, s'éclaira d'un sourire triste, et il fit mine de se lever. Il était vêtu d'une redingote noire, d'habits poussiéreux qui, il y a longtemps, très longtemps, avaient dû être à la mode.

– Qui est-ce ? demanda une voix que je crus reconnaître, comme l'un des autres vieillards s'agrippait au bras de l'homme maigre.

– C'est lui, Gardien... c'est l'Élu, dit

l'homme maigre, et l'automne était dans sa voix.

Son interlocuteur se tourna dans ma direction, et mon cœur fit un bond dans ma poitrine. Je criai son nom, et Grand-Père, avec effort, s'extirpa de son fauteuil de cuir pour me tendre les bras. Je me jetai sur lui, le serrai contre moi. *« C'est un rêve,* dit une voix au fond de moi, *ce n'est qu'un rêve. Profite de chaque instant qui t'est accordé, car tu ne le reverras plus jamais. »*

– Que reste-t-il ? dit le troisième homme assis à table.

Son visage blême était mangé par une moustache bouffante et de grands cernes gris ourlaient ses yeux. Un corbeau noir, si vieux que je le crus d'abord empaillé, cligna lentement des yeux sur son épaule droite.

– Il ne reste plus que le cimetière, Edgar, dit Radegonde.

– Mais la maison Usher…

– Elle est tombée la dernière…

– Le village médiéval aussi ? demanda le quatrième homme.

Ses habits étaient encore plus anciens que ceux de ses congénères. Il semblait droit sorti du Moyen Âge.

– Rien, François. Ni le village, ni Samarkand, ni Notre-Dame. Le Marais lèche nos tombes.

– Plutôt de nous pitié…, murmura l'homme, prenant sa tête dans ses mains.

– Et Fang ? demanda Grand-Père, s'arrachant doucement à mon étreinte.

Je baissai les yeux, et Radegonde ne répondit pas.

– Viens, dit Grand-Père. Guide-moi à l'extérieur.

Il se leva, mit la main en tâtonnant sur mon épaule, et je vis qu'il était aveugle.

– Décris-moi ce que tu vois.

– Rien. Enfin, pas grand-chose.

– Mieux que ça, siffla Grand-Père. Mieux que ça.

– Nous sommes au sommet d'une petite colline, au milieu d'un grand lac de vase grisâtre.

– Mais encore ?

– Autour, il n'y a rien. Une immense plaine vide, qui se confond à l'horizon avec le ciel, si c'est un ciel. À moins que la plaine s'étende réellement à l'infini, comme disait Fang.

– C'est bien, dit Grand-Père, c'est très bien.

– Comment ça, c'est très bien ? C'est

horrible, tu veux dire. Je ne sais pas ce qui se passe, mais c'est horrible.

– C'est très bien, répéta Grand-Père. Tu décris très bien.

Et il se mit à rire, un grand rire franc, un rire de soulagement. Jamais je ne l'avais entendu rire comme cela.

– Qu'est-ce qui t'est arrivé, Grand-Père ? demandai-je.

– J'ai été puni.

– Puni ?

– Puni pour avoir manqué à mes devoirs. Puni pour n'avoir pas eu le courage nécessaire.

– De quoi parles-tu ?

– Je parle du Don, Vincent.

– Quel Don ?

– Les Histoires, Vincent. Toutes ces histoires que je t'ai racontées, tu t'en souviens ?

– Bien sûr. Elles m'empêchent de dormir depuis des mois.

– Vraiment ? demanda Grand-Père, et son regard aveugle souriait.

– Je ne vois pas ce que ça a de drôle…

– Toi aussi, Vincent, tu as le Don. Et tu dois apprendre à l'utiliser, à le maîtriser.

– Quel Don ?

– Celui de raconter des Histoires, Vincent. Celui de créer l'Incréé, de sauvegarder l'Imaginaire.

– Des Histoires ? Mais je ne saurai jamais… Et pour quoi faire ?

– Pour faire reculer le Marais, Vincent. Nous ne sommes pas si nombreux, tu sais. Il n'y en a guère que trois ou quatre par siècle… et moi… moi j'ai trahi le Don, et j'ai permis au Marais de gagner du terrain.

– Trahi le Don… ?

– Je n'ai pas eu le courage de coucher mes Histoires sur papier, de trouver un éditeur, de les faire publier. Ça me semblait une perte de temps quand j'étais jeune. En fait, je crois surtout que j'avais peur d'essuyer un refus… Et quand je suis devenu vieux, trop vieux pour me lancer dans cette aventure, je n'avais plus que toi à qui passer le flambeau.

– C'est si important ?

– Regarde autour de toi, Vincent. Regarde ce qui nous entoure. Ces Histoires ne sont pas seulement destinées à faire peur, elles nous unissent à notre passé, aux hommes qui nous ont précédés. La Bible même est pleine d'Histoires terrifiantes. Ces histoires nous rendent humains, Vincent, elles nous apprennent à aimer la vie, elles nous rappellent que nous sommes mortels, que les autres sont mortels, elles nous enseignent la compassion. Un homme qui n'a peur de rien, Vincent, est un homme qui ne reculera devant rien. Devant aucun sacrifice, devant aucune horreur. La plus ancienne et la plus forte émotion de l'Humanité, Vincent, c'est la Peur... Cette observation n'est pas de moi, mais de l'un des gentilshommes que tu as rencontrés tout à l'heure dans le caveau.

– Qui sont-ils ?

– Howard Phillips Lovecraft, Edgar Allan Poe, François Villon... Il y en avait beaucoup d'autres, mais le Marais les a engloutis. Radegonde est comme moi, une Gardienne. Les hommes de son époque ne lui ont pas laissé le temps d'écrire, mais seulement celui d'aimer les livres.

– Mais que puis-je faire, tout seul ?

– Tu peux retourner dans le monde d'où tu viens, et combattre l'avancée inexorable du Marais. Tu peux recréer ce qui a été perdu, en lisant les livres de ces auteurs, en en dénichant d'autres, aujourd'hui abandonnés sur les rayonnages de vieilles bibliothèques. Et en racontant tes propres histoires. Et en les faisant publier.

– Mais je suis trop petit. Il me faudrait des années…

– Le temps n'avance pas ici comme dans ton monde. L'important est que tu t'attelles à cette tâche, que tu ne perdes pas espoir, que tu saches écrire, travailler, retravailler tes phrases sur le papier des dizaines de fois jusqu'à ce que leur simple vision évoque pour des lecteurs que tu ne connaîtras jamais des paysages magnifiques, des légendes sublimes, des monstres épouvantables. Que tu saches, avec des lettres noires sur du papier blanc, avec des taches d'encre sur de la fibre végétale, faire naître une émotion.

Grand-Père balaya l'horizon de son regard aveugle, comme s'il sentait la présence du Marais plus qu'il ne le voyait.

– Il est grand temps que tu retournes dans ton monde, Vincent. Nous n'en avons plus pour longtemps.

– Quand pourrai-je te revoir ?

– Pas avant de nombreuses années, Vincent. Quand tu auras rempli les rayonnages des bibliothèques de ton temps avec les livres de ta vie. Quand tu seras vieux, et fatigué, et que tu auras épuisé ton content d'Histoires. Alors tu retrouveras le chemin de la Citadelle, et tu viendras nous rejoindre, dans l'éternité, qui est une si petite chose, et dans la mémoire de tes lecteurs, qui est immense. Va, Vincent. Dis à ta maman que je l'aime.

– Vincent. C'est l'heure. Tu vas être en retard.

La voix, désincarnée, me fit sursauter. Grand-Père ne sembla pas l'avoir entendue.

– Vincent. Réveille-toi. Tu n'as pas entendu le réveil.

C'était la voix de ma mère. Je clignai des yeux, et son visage m'apparut un instant, penché au-dessus de mon lit.

– Maman ? réussis-je à articuler d'une voix pâteuse.

Je refermai les yeux, et Grand-Père se tourna vers moi, m'adressant un clin d'œil aveugle.

– Maman, murmurai-je sans bien me

rendre compte de ce que je disais. Maman, Grand-Père dit qu'il t'aime.

Lorsque j'ouvris les yeux pour de bon, ma mère s'était assise sur le bord de mon lit. Elle me regardait avec stupeur.

– Tu as fait un cauchemar? demanda-t-elle doucement.

Je la serrai fort dans mes bras pour étancher ses larmes et répondis:

– Non. J'ai fait un voyage.

Dans les jours qui suivirent, je tentai en vain de retrouver le chemin de la Citadelle. Mes nuits, d'un seul coup, étaient redevenues des nuits comme les autres, des nuits normales, banales, désespérément vides. J'avais beau laisser grands ouverts les volets de ma chambre, rien ne se dessinait dans l'encadrement de la fenêtre que la lune, et quelques nuages blafards.

La nuit du cinquième jour, n'y tenant plus, je me relevai vers minuit, refermai doucement la porte de ma chambre et allumai la lumière. Sans trop savoir ce qui me guidait, je m'assis à mon bureau. Si mon père s'était relevé en pleine nuit, j'aurais toujours pu prétendre que je finissais mes devoirs de classe… D'ailleurs, la prof de français nous avait demandé de produire un écrit pour la fin du mois. « Production d'écrits », c'est comme ça que ça s'appelait… Je ne sais pas ce qu'en aurait pensé Grand-Père, mais je doutais fort que les hommes en noir que j'avais aperçus autour de lui dans la crypte eussent apprécié d'être appelés « producteurs d'écrits »…

Racontez une expérience récente, de vacances ou de voyage.

C'était l'intitulé que la prof avait écrit

au tableau, et que j'avais recopié dans mon cahier de textes. Je saisis un stylo, une feuille de papier quadrillé, histoire de disposer d'un alibi si quelqu'un entrait dans ma chambre pendant que je rêvassais. Je n'avais pas l'intention de produire un écrit, tout juste celle de recopier l'intitulé de la prof. Mais quand je relevai la tête, distrait par le bruit de la pluie sur les carreaux de ma chambre, je vis que j'avais noirci trois copies doubles... « Tout était de la faute de Grand-Père... » commençait mon récit. Je lus ce que j'avais écrit, médusé, incapable d'expliquer ce qui venait de m'arriver. Je m'étais assis à mon bureau sans intention particulière... Pourtant, les trois copies doubles étaient là, bien réelles, devant moi. Comme était réelle ma fatigue soudaine, mon abattement, et l'heure envolée sur l'horloge. J'avais toujours imaginé, sans vraiment y prêter attention, que les écrivains écrivaient par plaisir, avec fougue, qu'ils étaient saisis par l'inspiration à n'importe quelle heure du jour ou de la nuit et se laissaient emporter par leur imagination… Moi, je ne ressentais rien qu'une grande lassitude, presque de la tristesse. J'éteignis la lumière, me glissai dans mon lit et sombrai dans un sommeil sans rêves.

Un bruit dans la pièce, un rayon de lumière, me réveillèrent. Je clignai des yeux. Maman était assise à mon bureau, me fixait d'un air étrange.

– Bonjour, mon chéri…

– Bonjour, Maman…

– C'est… c'est toi qui as écrit ceci…, dit-elle en soupesant délicatement les pages noircies d'encre, témoins de mon insomnie nocturne.

Mon cœur se serra. J'eus envie de fermer les yeux, de me réfugier dans le sommeil, sous les draps...

– Euh, oui... C'est pour l'école... La prof de français nous a demandé...

– Mais c'est toi qui l'as écrit?

– Ben oui...

Maman ne dit rien. Elle se leva, m'embrassa sur la joue et, d'un air distrait, marmonna:

– Habille-toi... on n'est pas en avance.

Ça me fit sourire, malgré tout. Parce qu'on n'était jamais en avance.

Trois jours passèrent, et encore trois nuits, avant que Maman n'aborde le sujet de mon histoire. Je croyais qu'elle allait exiger une explication, qu'elle m'interrogerait au sujet de mes Cauchemars, de Grand-Père. Il n'en fut rien.

– Tu as vraiment écrit ce devoir... je veux dire... tu ne l'as pas recopié... ?

Sa voix hésitait, maladroite. Je la regardai, ahuri, sans savoir quoi répondre. Elle hocha la tête :

– Oui, bien sûr, je suis bête. C'est bien toi qui l'as écrit...

Un silence, puis elle reprit :

– Tu sais que ton grand-père a toujours rêvé de devenir écrivain ?

Je fis non de la tête, et Maman sourit, ses yeux devinrent vagues comme elle plongeait dans ses souvenirs :

– Il disait souvent que s'il n'avait pas eu à s'occuper de toute sa famille, il aurait été écrivain. Que s'il s'écoutait, il partirait s'enfermer pendant quelques semaines dans une chambre, quelque part loin de sa femme et de ses enfants, pour pouvoir écrire. Et Grand-Mère répondait en riant qu'il ne tiendrait pas trois jours, qu'il n'aurait pas la patience et ne supporterait pas la solitude. Qu'il avait déjà du mal à écrire une liste de courses... Grand-Père haussait les épaules, et ça finissait souvent par des engueulades, quand ils ne tombaient pas dans les bras l'un de l'autre en riant. Il n'empêche... ton grand-père aurait vraiment voulu être écrivain, si la vie en avait décidé autrement...

– Il n'a pas eu le courage, dis-je en me remémorant ce qu'il m'avait avoué dans mon rêve.

– Pas le courage ? demanda Maman.

– J'en sais rien, ajoutai-je rapidement. Mais je trouve vraiment ça dur, d'écrire une histoire, vraie ou pas vraie.

– Rien de ce qui vaut la peine d'être vécu dans la vie n'est facile, dit Maman.

Et sans savoir d'où me venait cette intuition, je sus qu'elle parlait de Grand-Père, mais aussi de mon père.

Je ne sus que répondre. Maman poursuivit :

– Tu devrais t'accrocher. Tu devrais terminer ton histoire.

Le Dr Gold ne dit rien. Il reposa la dernière copie double sur son bureau, ôta ses lunettes, les essuya.

– Je n'ai pas fini… mais Maman a pensé que ce serait intéressant de vous les montrer.

– Ta mère a eu tout à fait raison. C'est très intéressant… très instructif. Et j'avoue que je ne m'attendais pas à ça… C'est la première histoire que tu écris ?

– Ben oui…

– Tu as un don, Vincent. Un don remarquable.

«Je sais. Mon grand-père me l'a dit…» Cette pensée traversa mon esprit, mais je n'osai pas la dire tout haut.

– Il faut maintenant que tu termines ton histoire, Vincent. J'ai hâte d'en savoir la suite…

Je dus faire la moue, car le Dr Gold se pencha sur le bureau en secouant la tête :

– Excuse-moi, Vincent. Je me suis bien mal fait comprendre. J'ai hâte de connaître la suite de ton histoire, en tant que lecteur, pas en tant que psychiatre. Tu comprends la différence ?

Je hochai la tête, pas trop sûr d'avoir compris.

– On peut envisager tout un tas d'explications psychanalytiques au fait que tes Cauchemars aient cessé à partir du moment où tu as commencé à écrire… Mais le plus important, c'est que tu poursuives dans cette voie, si tu en ressens le désir…

– Je ne sais pas… Je n'aime pas tellement écrire cette histoire, mais…

– Mais…

– Quand je n'écris pas, je ne me sens pas bien. Et quand j'écris, je me sens un peu perdu, je ne sais plus où j'en suis...

– C'est un apprentissage, Vincent. Un apprentissage long, qui demande du courage, de la persévérance…

– Mais à quoi ça sert ?

– À quoi ça sert, quoi ?

– De raconter des histoires…

– Il n'y a que toi qui puisses répondre à cette question, Vincent.

– Et si ce que j'écris fait du mal à quelqu'un ?

– Comment ça ? Je ne comprends pas…

– Si je parle de choses qui font mal aux gens qui m'entourent…

– À qui penses-tu ? À ta mère ?

Je ne répondis pas, et le Dr Gold enchaîna :

– Écrire, Vincent, c'est libérer une part de tes secrets. Il n'y a aucune raison que ça heurte ta maman, ou que ça lui fasse du mal. C'est taire les choses, au contraire, qui détruit les gens.

Ce soir-là, j'attendis que le bruit de la respiration de mon père se soit fait plus régulier, plus profond, pour rallumer ma lampe et me mettre au bureau. Aiguillonné par les encouragements du

Dr Gold, je n'hésitai plus, et retraçai étape par étape mon chemin vers la Citadelle. Je revécus l'instant où le Marais de l'Ennui avait failli se refermer sur moi, l'instant où Fang s'était sacrifié pour me tirer des griffes du robot de l'espace, enfin les retrouvailles avec Grand-Père... J'étais presque arrivé au moment de mon réveil quand le crissement d'une griffe sur le carreau de la fenêtre me fit sursauter. Le crayon dérapa sur le papier, brisant net la mine. Dans le silence revenu, je tendis l'oreille. Les minutes passèrent, et j'allais reprendre le cours de mon récit, ayant réussi à force de volonté à me convaincre que j'avais été victime d'une sorte d'hallucination auditive, quand le bruit se répéta, avec plus d'insistance cette fois. *« Toi aussi, Vincent, tu as le Don*, avait dit mon grand-père.

Celui de créer l'Incréé, de sauvegarder l'Imaginaire. Tu peux recréer ce qui a été perdu.»

Le cœur battant, je me levai, tirai les rideaux, ouvris la fenêtre sans faire de bruit. Il n'y avait rien, ni personne. Puis, dans mon dos, j'entendis:

– **Enfin...**

Si le ton de Fang, empreint de lassitude, était immédiatement reconnaissable, sa voix me sembla plus métallique, moins rauque que dans mon souvenir. Je me retournai, le cœur débordant d'allégresse, quand, d'un ton sec, il m'intima l'ordre de fermer les yeux:

– **Ne me regarde pas!**

– Mais enfin, pourquoi?

Je jetai un œil dans la pièce en déplissant légèrement les paupières, et vis la porte coulissante de mon placard à vêtements se refermer.

– **Éteins la lumière**, marmonna Fang du fond du placard.

– Ce n'est pas la peine. N'aie aucune crainte, mes parents dorment !

– **Ce n'est pas le problème. Éteins la lumière !**

J'obtempérai et, dans la pénombre, tentai de faire glisser la porte du placard.

– **Non, attends ! Je ne veux pas que...**

Fang chercha à m'empêcher d'ouvrir le placard, mais il n'avait aucune prise, et, avec un grincement métallique, la porte coulissa. Là, devant moi, à demi masqué par mes vêtements d'hiver et mon costume, se tenait Fang. Ou ce qu'il en restait.

– Mais… mais qu'est-ce qui t'est arrivé ?

J'étais partagé entre l'incrédulité et

l'hilarité, et dus me retenir pour ne pas pouffer. Pourtant, ça n'avait rien de drôle, à en voir l'air profondément honteux et malheureux qu'affichait mon ami.

– **Je ne sais pas. Tout ce que je sais, c'est que j'ai repris conscience... comme ça...**

Brusquement, toute envie de rire s'estompa, remplacée par une affreuse certitude.

– Oh ! Mon dieu ! C'est moi... c'est ma faute...

– **Que veux-tu dire ?** gronda Fang, et malgré son aspect risible, je sentis une menace palpable émaner de lui.

– C'est moi, répondis-je quand même. C'est ma faute. J'ai essayé... enfin, j'ai écrit quelques pages et...

Fang glissa hors du placard, saisit les feuilles sur le bureau :

– **Tu as parlé de moi là-dedans ?**

Je hochai la tête.

– Lis-le-moi.

Je fis ce qu'il demandait, prenant quelque plaisir, malgré le danger dans lequel je me trouvais, à redécouvrir l'histoire que j'avais écrite, comme si soudain elle prenait forme par le simple fait de la lecture. Je notai quelques erreurs, quelques tournures de phrase trop alambiquées, deux ou trois fautes de ponctuation qui ôtaient du rythme au récit… comme si cela avait encore une quelconque importance, comme si la juste colère de mon compagnon ne risquait pas de s'abattre sur moi d'une seconde à l'autre.

Fang se contentait d'un grognement de temps à autre, sans que je puisse déterminer s'il s'agissait d'un signe d'acquiescement ou d'agacement. Il avait semblé satisfait de la description que j'avais faite de sa première apparition dans ma chambre, moins séduit par la narration de nos altercations pendant le trajet jusqu'à la Citadelle... Lorsque j'en arrivai à l'épisode de son sacrifice dans le Marais, il devint totalement silencieux, totalement immobile, et le resta jusqu'à la fin de mon récit...

– Voilà. Je n'ai pas tout à fait terminé. Il me reste à raconter mon réveil, et...

– **Tu as écrit cela.**

Ce n'était pas une question, cela ressemblait à une sentence. Le peu d'assurance que j'avais gagné au cours de ma lecture m'abandonna.

– Oui, c'est moi. Je suis vraiment désolé si...

Fang se redressa, et malgré le changement qui s'était opéré en lui, je ne pus que frémir en songeant que je venais d'avouer ma faute, et qu'il ne me restait plus qu'à l'expier.

– **Le Gardien a vu juste**, murmura-t-il, et avant que j'aie pu réagir, il se pencha devant moi en signe de respect.

Gêné, ébahi, je tentai de le relever. Ma main se posa sur son épaule, et rencontra, au lieu du contact rugueux de la pierre, le froid impersonnel du plastique. Sans hâte, évitant de brusquer Fang, je tendis la main en direction du lampadaire halogène de ma chambre et l'allumai. Ce n'est qu'alors que je découvris l'étendue du désastre.

– Tu cherches quelque chose, petit ?

– La collection « Sueurs froides »...

– Ah, j'aurais dû m'en douter...

Le visage du libraire s'éclaira d'un

demi-sourire amer. D'un geste de la main, il me désigna le présentoir à l'angle de la vitrine :

– Tiens, toutes les dernières parutions sont là…

Je le remerciai, étudiai chaque couverture attentivement : *Dans les griffes du loup-garou* racontait l'histoire d'un jeune orphelin héritant d'un manoir maudit en Écosse. *Le Baiser du vampire* se déroulait près de Londres. Un jeune garçon doué mais trop timide découvrait les mœurs étranges de son nouveau voisin de palier. Enfin *La Chose dans la plomberie* narrait le combat d'une jeune fille et de son petit frère contre… une chose qui circulait dans les murs de leur appartement. J'eus beau chercher, je ne trouvai aucun autre titre parmi la centaine de livres entassés sur le présentoir.

– Vous n'en avez pas d'autres ?

– Si, bien sûr. Les anciens numéros sont au fond, à côté des livres d'informatique. Mais il m'en reste très peu. J'ai été dévalisé, et j'attends la prochaine livraison.

– Vous ne savez pas s'il y en a un avec une gargouille ?

– Une gargouille ? Écoute, tu sais, je n'y fais pas très attention, dit le libraire en m'amenant jusqu'au rayon concerné. Il en sort tellement… Deux ou trois par mois, depuis près de quatre ans, maintenant… Je n'ai pas le temps de tout voir… mais sur près de trois cents titres, ce serait bien le diable si tu ne trouvais pas une gargouille…

– Trois cents titres !

– Eh oui, parce qu'il n'y a pas que « Sueurs froides », même si D. L. Stern a été le premier à découvrir le filon. Aujourd'hui, tout le monde y va de sa collection : « Grand frisson », ici, et là, « Terreurs nocturnes », et tiens, ici, deux petites nouvelles : « Angoisses adolescentes », et « Intrigues impubères ».

Devant ma mine interloquée, le libraire se pencha à mes côtés près du rayon jeunesse.

– Je vais t'aider à chercher. Tu ne connais pas le titre, par hasard ?

– Non, mais il y a une gargouille en couverture, je me souviens l'avoir vu à l'école il y a quelques mois. Enfin, pas une vraie gargouille en pierre, une fausse en plastique avec une espèce de griffe rétractile bleue…

– Ah ! cette bestiole ! Je vois ce que tu veux dire !

Le libraire tourna les talons, m'invita

à le suivre jusque derrière son comptoir. Il farfouilla quelques instants dans ses tiroirs, en extirpa enfin un prospectus en couleurs avec un sourire victorieux :

– Tiens, ça ne serait pas ça, ta gargouille... ?

Pour tout achat de quatre titres de la collection « Sueurs froides », le grand D. L. Stern t'offre une gargouille bionique à griffe rétractile, l'un des plus beaux fleurons de la collection de jouets « Sueurs froides », bientôt chez tous les meilleurs fournisseurs. Appuie sur son épaule musclée, et ta gargouille bionique enverra sa griffe de la mort qui tue à plusieurs dizaines de centimètres. Sans danger pour les enfants au-dessus de 36 mois. Ne pas viser les yeux.

– C'est ce que tu cherchais ? demanda le libraire. Malheureusement, il ne m'en reste plus...

Je scrutai l'envers du prospectus, y découvris la couverture du livre que j'avais aperçu dans les mains d'un camarade de classe, quelque temps plus tôt. *La griffe qui tue*. Fang y était représenté, le Fang nouvelle formule, avec ses griffes rétractiles en métal bleu, son pelage rouge et or ringard et sa gueule baveuse pleine de dents aussi acérées que des poignards. Fang, à qui toute dignité, toute grandeur, avait été arrachée pour créer ce monstre ridicule. J'avais vu des dizaines de jouets comme celui-ci sur les têtes de gondole des supermarchés, sans jamais m'en émouvoir jusqu'à présent. L'intuition me vint alors, accablante, que chacun de ces êtres en plastique représentait la caricature obscène d'une créature de légende.

– Je vois que tu as l'air déçu, reprit le libraire. Mais tu sais, il y en a souvent, des offres spéciales comme celles-ci. Tiens, regarde, D. L. Stern patronne un concours de nouvelles d'horreur. Tu peux gagner… un cadeau-surprise, disent-ils, et choisir la nouvelle mascotte de la collection, qui sera fabriquée à plusieurs millions d'exemplaires dans le monde... Et chaque participant recevra un mort vivant avec du vrai jus d'entrailles en guimauve fluorescente...

– C'est nul, dis-je brusquement. Et je hais ce type.

– Pardon ?

– Je hais D. L. Stern et ses zombies gluants de la mort qui tue grave ! C'est sa faute ! Tout est sa faute !

Le libraire s'assit sur son tabouret, passa une main dans ses cheveux. Il avait l'air surpris, surpris mais pas mécontent.

– Qu'est-ce que tu veux dire... ?

– C'est la faute de ce type, avec ses bouquins minables ! C'est à cause de lui que la Citadelle a sombré, c'est à cause de lui que Fang...

– La Citadelle…, coupa le libraire.

Son regard parcourut les allées de la boutique, et il posa le doigt sur sa lèvre inférieure.

– Ne bouge pas, murmura-t-il.

Une dame s'avança jusqu'au comptoir, paya les trois livres qu'elle avait choisis et sortit. Le libraire marcha jusqu'à la porte, en tira le loquet, et retourna l'écriteau :

Ouvert à 14 heures.

– Qu'est-ce que c'est que cette histoire de gargouille et de… Citadelle ? demanda-t-il doucement.

– C'est une histoire que j'ai lue… Je ne m'en souviens plus très bien, de toute façon…

– Tu mens très mal, dit le libraire. Mais ne t'inquiète pas, tu ne trahis pas de secret : tous les libraires connaissent la Citadelle.

Je restai muet, puis ne pus réprimer un sourire de connivence :

– La Citadelle. Je l'ai vue en rêve. Et j'ai rêvé qu'elle s'effondrait lentement. Grand-Père pensait que c'était dû au Marais de l'Ennui, et il avait probablement raison. Mais je sais maintenant que D. L. Stern en est aussi responsable. Il transforme les choses, il déforme ce qui a été imaginé avant lui... Il recrée des caricatures...

– As-tu lu Howard Phillips Lovecraft ? demanda le libraire, prononçant ce nom avec une délectation évidente.

– Non.

– Et Arthur Conan Doyle ?

– Non.

– Et Bram Stoker ?

– Qui est-ce ?

Le libraire saisit sur le présentoir *Dans les griffes du loup-garou* :

– *Le Chien des Baskerville*, publié par Arthur Conan Doyle, l'inventeur de Sherlock Holmes, en 1902. Un jeune lord anglais hérite d'un manoir en Écosse, un manoir sur lequel plane la menace d'une antique légende, celle d'un chien monstrueux qui parcourt la lande...

Il allongea le bras et ramena à lui *Le Baiser du vampire* :

– Dracula, écrit par Bram Stoker, en 1897. La jeune Mina Harker et le Pr Von Helsing découvrent l'identité réelle de leur nouveau voisin, un comte roumain en villégiature à Londres.

Enfin, il posa *La Chose dans la plomberie* sur le comptoir :

– *Les Rats dans les murs*, une longue

nouvelle de Howard Phillips Lovecraft, écrite en 1923, jamais éditée en librairie de son vivant. C'est peut-être, des trois auteurs que je viens de te citer, le cas le plus triste et le plus exemplaire.

– Comment ça ?

– Lovecraft est probablement le plus grand écrivain de littérature de terreur de ce siècle, jeune homme. Mais il est mort seul, incompris, sans jamais avoir vu son nom dans la devanture d'une librairie. Ses nouvelles, ses romans, ses poèmes, n'ont jamais été publiés que dans des *pulps*, des magazines à deux sous en mauvais papier. Ce n'est qu'après sa mort que son œuvre a connu le succès. Et pourtant, sans lui, la plupart des écrivains de terreur actuels n'auraient pas existé. Ni Stephen King, ni Ray Bradbury, ni…

– Ni D. L. Stern…

– Non, ça n'a rien à voir. King et Bradbury sont des écrivains, jeune homme, des Conteurs. D. L. Stern est un escroc muni d'une calculette et d'une photocopieuse. Il pille les grands auteurs des siècles passés, et transforme leurs créations originales en bouillie prémâchée pour des générations d'adolescents qui n'ont aucun moyen de savoir qu'on leur sert la copie au lieu de l'original.

– Mais, pourquoi organiserait-il un concours de nouvelles fantastiques, si c'est le cas ?

– Je ne sais pas, dit le libraire en haussant dédaigneusement les épaules. Peut-être est-il à court d'idées originales, peut-être a-t-il tant et tant copié et recopié, qu'il est à court de nouveaux auteurs à plagier, à avaler et à déglutir. Je vois à ton regard que tu hésites à me croire tout à fait… Tiens, je vais te prouver ce que j'avance.

Il alla chercher dans un rayonnage un livre, qu'il posa devant moi. *Anthologie du fantastique.*

– C'est un recueil de textes de grands auteurs : Poe, Lovecraft, Machen, Seignolle… j'en passe, et des meilleurs. Tous n'y sont pas, mais ce sera pour toi un bon début. Et si tu y prends goût, tu sais où venir en chercher d'autres…

– C'est formidable, mon chéri ! Formidable !

Maman m'étouffait de baisers. L'odeur de son parfum, une odeur enivrante, me suffoquait de bonheur. Mon père, muet, ne pouvait masquer un sourire de profonde satisfaction.

– Je savais que ton devoir te vaudrait une note excellente, mais je n'imaginais pas que tu gagnerais au concours...

J'étais rentré du collège vers dix-sept heures, sans avoir eu le temps de savourer le A que m'avait valu mon devoir de « production d'écrits ». Dans la boîte aux lettres, j'avais trouvé en arrivant une lettre de la maison d'édition de « Sueurs froides », signée par D. L. Stern lui-même. Mon récit fantastique avait remporté le grand prix du concours organisé par « l'auteur le plus célèbre de la littérature de jeunesse », qui me remettrait en main propre... mon poids en livres de sa collection.

– **Méfie-toi**, grogna Fang. **Ne sous-estime pas cet homme. S'il a réussi à détruire la Citadelle, à nous recycler en** esclaves de son succès, il ne fera qu'une bouchée d'un garçon comme toi.

– Que veux-tu qu'il m'arrive ? Qu'il me découpe en morceaux et me jette en pâture à sa horde de crocodiles affamés dans les caves de sa maison d'édition ?

– Non, bien pire. Imagine qu'il te séduise, comme il a séduit tous les autres. Imagine que toi aussi, tu acceptes de voir les choses à sa façon, que tu apprécies ses livres, son...

– Pas de danger ! Déjà, auparavant, je trouvais ça nul... Alors maintenant que je sais quel genre d'homme c'est, tu te doutes bien que je ne vais pas tomber dans le panneau !

– Ah bon... Tu es drôlement sûr de toi... Tu m'as bien dit que tes camarades raffolent de ses livres, de cette collection « Sueurs froides »...

– Oui, et alors... ?

– N'as-tu jamais eu envie d'être comme eux ?

– Jamais.

– Tu n'as jamais éprouvé le désir de faire partie de leur groupe, de faire comme eux pour ne plus être seul ?

Je ne répondis pas immédiatement. Un souvenir cuisant me revint en mémoire. Je m'étais forcé à lire trois des romans de D. L. Stern, l'année précédente, dans le seul but de réussir à engager la conversation avec Jennifer, une championne de saut en hauteur avec de longs cheveux bruns qui me donnait la bouche sèche quand je la croisais dans les couloirs du collège. Je savais qu'elle adorait D. L. Stern, mais je n'avais pas réussi à feindre l'intérêt suffisamment longtemps pour retenir l'attention de Jennifer.

– Non, franchement, je n'ai jamais voulu faire comme les autres juste pour être accepté. Et même si j'avais essayé, je n'aurais pas pu me taper un autre livre de la collection... C'était vraiment trop nul.

– Tu as peut-être raison. Mais méfie-toi. Soit D. L. Stern a détruit la Citadelle sans même s'en rendre compte, et ce n'est qu'un cloporte... Soit il l'a fait sciemment, en connaissance de cause. Si c'est le cas, il a dû être surpris de lire ton récit, de découvrir que tu connais l'existence de la Citadelle, que tu l'as visitée avant son anéantissement. Il ne prendra pas le risque de te voir recréer ce qu'il a détruit...

La secrétaire du Grand Homme m'avait fait patienter dans une salle d'attente spacieuse, décorée d'affiches et de personnages en carton représentant les plus grands succès de la collection. Il y avait là la Créature du marais, le Loup-garou de la lande, le Fantôme du collège, le Zombie des catacombes, et autres Squelettes du congélateur. On m'avait servi un jus d'orange pas très frais et déposé à ma portée une pleine panière de bonbons gluants à l'effigie des stars de la collection. Je n'y avais pas touché, craignant de découvrir la silhouette familière de Fang au milieu de ce grouillement de guimauve suintante qui respirait la pharmacie.

Une musique de fond lugubre, pianotée sur un synthétiseur, achevait de m'endormir. Si bien que je n'entendis pas arriver D. L. Stern.

Une main se posa sur mon épaule, et je sursautai.

– Eh bien, mon jeune collègue ! Te voilà bien nerveux !

Je ne sus que répondre. Le rouge me monta aux joues, mélange de honte due à ma frayeur ridicule et de fierté inattendue.

– Tu permets que je te tutoie, Vincent, n'est-ce pas ?

Il souriait, d'un sourire franc, candide, qui me désarma. Il était grand, plutôt beau, pas comme un acteur de cinéma mais comme un père de famille sympa. Il devait avoir quarante ans ou quelque chose comme ça, et était habillé d'un jean et d'une chemise de cow-boy à carreaux rouges.

– Oui, bien sûr monsieur…

– Non, Vincent, non. Ne me donne pas du monsieur ou je vais avoir l'impression d'être devenu un vieux machin ! Non, appelle-moi par mon prénom, entre copains.

– Votre prénom…

– Oui, Vincent, entre collègues, pas de chichis, de salamalecs. Appelle-moi D. L., tout simplement…

– Tout simplement…

– Oui, reprit-il en me prenant par l'épaule pour me guider vers son bureau. Tu sais, j'ai beau avoir l'âge d'être ton père… je suis resté très proche de l'enfant que j'étais à douze ans… et donc de mes lecteurs, sans fausse modestie. Qu'on ne nous dérange pas, mademoiselle Blücher, lança-t-il à l'attention de sa secrétaire comme nous passions la lourde porte en bois laqué qui menait dans son antre. Sous aucun prétexte.

La porte se referma sur nous avec un bruit mat, coupant tout son en provenance du couloir. Avais-je rêvé, ou avait-il donné un tour de clef?

– Alors, Vincent, dis-moi, que penses-tu de ma tanière personnelle. Sympa, non?

Mon regard embrassa la pièce. Un gigantesque bureau en bois noir trônait au centre de la pièce, surmonté d'une statue grandeur nature de son Bossu de la tour de Londres, un de ses plus gros succès. Une fausse cheminée médiévale contenait un juke-box et un immense réfrigérateur, d'où il sortit deux bouteilles de Coca. Une immense baie vitrée circulaire permettait d'observer l'étendue de la ville, vingt-cinq étages plus bas.

– Sers-toi, collègue. Tout ce qui est ici est à ta disposition, tu n'as qu'à demander…

– Merci, mons… D. L…

– Voilà qui est mieux ! Alors, tu ne t'attendais pas à gagner le gros lot du concours, n'est-ce pas ?

– Non, pas du tout…

– Je ne te dis pas que ton histoire était parfaite, bien sûr. Écrire est un long apprentissage, parfois pénible… Mais j'ai décelé chez toi un talent… très prometteur. Tu ne te destines pas à l'écriture, par hasard ?

– Pardon ?

– Tu n'as jamais songé à devenir écrivain, j'imagine ?

– À vrai dire, non. Je n'y avais jamais pensé. D'autant que je trouve ça très dur…

Stern souriait, l'image même de la décontraction et de la nonchalance. Je fis quelques pas vers son bureau, où trophées, décorations, avoisinaient avec des statuettes en plastique articulées de couleur vive.

– Mais je dois dire que je ne sais plus… Ce doit être grisant d'être lu par des millions de gens sur la planète, des gens qu'on ne rencontrera peut-être jamais mais qui partageront nos rêves et…

– Oh là ! coupa Stern d'un ton sec. Comme tu y vas, jeune collègue ! Ce n'est pas si simple que ça, tu sais… La plupart des écrivains crèvent de faim ! Il est très rare de rencontrer le succès quand on manie la plume ou le clavier ! Je ne voudrais pas que tu te fasses trop d'illusions ! Surtout pas… Je ne voudrais surtout pas être responsable d'une méprise de ta part, d'une erreur d'aiguillage… Il y a bien d'autres métiers où il est possible de gagner beaucoup d'argent de façon moins aléatoire…

– Oui, mais enfin, si je décidais d'écrire... je n'ai pas dit que je le ferais, mais si je décidais de le faire... ça me serait un peu égal de gagner beaucoup d'argent...

Le sourire de D. L. Stern se figea. Il avala une gorgée de son Coca, fit un effort visible pour se détendre :

– Oui, évidemment. On a le droit d'écrire pour soi-même, n'est-ce pas...

– Ou pour quelques personnes qui apprécient ce qu'on fait, sans forcément vouloir toucher tout le monde...

– Certainement... certainement... mais un livre est fait pour rencontrer un public, pour avoir des lecteurs, tu ne crois pas ?

– Avoir des lecteurs, sûrement... Si possible. Mais je ne crois pas que les écrivains écrivent forcément pour avoir des lecteurs... Est-ce que ce n'est pas plus important d'écrire pour faire naître une Histoire, sans songer forcément à l'accueil qu'elle recevra ?

– Écrire pour le plaisir, en somme...

– Non, pas forcément pour le plaisir. À vrai dire, quand j'écris, je n'y prends pas de plaisir... je trouve ça difficile, je ne suis jamais satisfait de ce que j'ai écrit, c'en est même déprimant... mais je ne peux pas m'en empêcher. C'est comme si l'Histoire me pressait, se servait de moi pour exister...

D. L. Stern posa son verre sur le coin du bureau, passa la main sur un lourd briquet métallique en forme de crâne de gobelin.

– Je vois, dit-il enfin, et ces simples mots semblaient receler une menace imprécise. En tout cas, jeune collègue, tu as encore du chemin à faire, même si, je te l'ai dit, tu as un certain talent. On ne s'improvise pas écrivain, vois-tu… Il y a des règles à respecter…

– Des règles ?

– Évidemment. Et je ne te parle pas des règles de grammaire, de ponctuation. Tout ça est à la portée du premier scribouillard venu. Non, je te parle des règles qui font d'un livre un best-seller, qui le propulsent sur les listes des meilleures ventes, qui l'installent dans les bacs des supermarchés et les rayonnages des grandes surfaces. Des règles qui font vendre, quoi… Je vois que tu n'as pas l'air de comprendre… C'est pourtant simple quand on y pense, le succès tient à une seule règle : il faut donner au public ce qu'il attend !

– Ce qu'il attend ?

– Évidemment, ce n'est pas donné à tout le monde, il faut connaître le profil des lecteurs, étudier le marché, trouver un créneau… Tiens, prends mon exemple : je connais mes lecteurs comme si je les avais faits : ce sont des jeunes de ton âge, habitués à un univers d'images, habitués à la télévision, aux séries américaines. Il faut donc que j'ancre mes histoires dans cette réalité-là, pas dans une quelconque banlieue française, mais dans des univers bien définis, qu'on a vus cent fois à la télé et au cinéma et qu'il n'est plus besoin de décrire : soit les petites villes américaines, avec leurs rues bordées de maisons toutes identiques, soit un village isolé, avec une maison abandonnée au sommet d'une colline, proche du cimetière. Le truc classique, quoi, mais qui marche à tous les coups du moment qu'on en connaît les ficelles... Un univers peuplé d'objets familiers, la cafetière électrique, le sèche-linge, le magnétoscope, les jeux vidéo, très bon truc, les jeux vidéo, les ordinateurs qui tuent et tout ça, très bon créneau... Et les personnages, ah! les personnages... Il faut que le lecteur s'identifie immédiatement au personnage principal, garçon ou fille, avec des problèmes d'appareil dentaire, éventuellement des problèmes de flirt, mais pas trop poussé, hein? Pas de vulgarite, pas de pornographie, de grand amour et autres cochonneries, ça ne plairait pas aux parents... Une petite sœur ou un petit frère un peu chiant, ça marche toujours... ou alors un grand frère ou une grande sœur, voire une baby-sitter sympa mais incrédule... Les parents, il ne faut pas trop les voir. Et alors surtout, pas d'alcoolisme, de violence familiale, de divorce… Ça, ce sont des ingrédients parfaits pour foutre en l'air les chances d'un bouquin. Le lecteur est là pour se divertir, tu m'entends, pas pour être confronté aux problèmes de sa vie de tous les jours. Et là, je dois dire, tu t'es planté complètement : qu'est-ce que c'est que cette histoire de psychiatre, qui n'amène rien à ton histoire, au contraire… Un médecin, passe encore, à condition que ce soit un médecin un peu âgé, si possible en blouse blanche, réconfortant, perspicace, sympathique. . Mais un psychiatre… et puis quoi encore ? Tu crois que les lecteurs, et leurs parents, ont envie de lire des livres faits pour les dingues ? Non, vraiment, ça, c'est à revoir complètement…

– Eh bien, avec tout ça, j'ai eu bien

de la chance que vous appréciiez quand même mon Histoire…

– Disons qu'elle m'a intéressé, qu'elle m'a même intrigué… Tu fais preuve d'une imagination puissante…

– Merci.

– Cette idée de… comment appelles-tu cet endroit, déjà… ?

– La Citadelle.

– Comme tu dis. Cette… cet endroit, là, c'est très bien vu, c'est très intéressant, même si c'est un peu désuet…

– Désuet…

– Oui, un peu passéiste, un peu ridicule. Ce côté médiéval, vieille Europe… La plupart des jeunes de ton âge n'en ont rien à faire… et je ne te félicite pas pour le choix des noms de tes personnages. La fille, là, comment s'appelle-t-elle ? Anne-Aymone ?

– Radegonde ?

– Radegonde, ricana D. L. Stern. Tu côtoies beaucoup de Radegonde dans ta classe ? Tu imagines qu'avec un prénom comme ça, on puisse devenir Spice Girl ? Tu crois vraiment que c'est un nom pour une héroïne ?

– Je ne sais pas. Je ne me suis pas posé la question. C'est son nom, c'est tout.

Quelque chose passa dans le regard de D. L. Stern, quelque chose que j'aurais préféré ne pas y voir. Il avait pris un vif plaisir à m'humilier, à m'écraser de sa supériorité. Soudain, il semblait moins sûr de lui, presque inquiet.

– Et ce titre, ce n'est pas très accrocheur, non plus…

– *La Citadelle* ?

– Oui, ce titre. On ne peut pas dire

que ça donne envie de lire ton œuvre, hein ?

– Vous auriez préféré : *La Citadelle des cauchemars* ?

– Oui, pas mal. Nettement mieux, même.

– Ou : *La Citadelle des cauchemars de la mort qui tue*... ça vous plaît mieux ?

D. L. Stern grimaça :

– Qu'est-ce que tu cherches, exactement ?

– Rien... je suis juste venu vous rencontrer, et chercher mon prix.

– Chercher ton prix... Bien sûr, reprit Stern, apparemment radouci, et je me jurai bien de ne plus me moquer de lui de la sorte. Et comment appelles-tu cette Créature, là, la chose ailée qui amène le gamin... à cet endroit ?

– Fang.

– Intéressant. Mais pourquoi avoir choisi une gargouille ? Ce n'est pas très… enfin, pas très fun, quoi…

– Je n'ai pas choisi. Elle m'est venue comme ça, une nuit.

– Elle m'est venue ?

– Oui… L'idée… l'idée m'est venue…

D. L. Stern jeta son verre à terre, se pencha sur moi, saisissant chaque bras du fauteuil sur lequel j'étais assis et amenant son visage à quelques centimètres du mien.

– Elle t'est venue… L'idée t'est venue… Tu mens. C'est cette Chose, cette gargouille, qui est venue à toi. Et elle t'a emmené jusqu'à la Citadelle, n'est-ce pas ? Ce n'est pas quelque chose que tu aurais pu inventer seul. Certainement pas. Réponds. Réponds !

– Oui, Fang m'a amené à la Citadelle.

Je ne savais pas à quoi m'attendre. J'imaginais qu'il allait me frapper, ou se mettre à hurler. Au lieu de quoi ses mâchoires se contractèrent, et il émit quelque chose qui ressemblait à un gémissement.

– Ça ne va pas ?

– Ce n'est pas possible. Ce n'est pas juste… Tu as quoi… onze ans… douze ans… Pourquoi diable as-tu été choisi, toi ? Au nom de quoi ?

– Je ne sais pas, je n'ai rien demandé à personne…

– Tu ne savais même pas que la Citadelle existait, avoue-le.

– Non, je n'en savais rien.

– Pendant des années, tu m'entends ! (Il s'était mis à hurler.) Pendant des années, je me suis dévoué à la littérature fantastique, j'ai écrit manuscrit après manuscrit, je me suis forcé à travailler, le jour, la nuit, pour écrire et corriger des textes dont aucun éditeur n'a jamais voulu, des textes qu'on me renvoyait avec une vague lettre de refus photocopiée... Et rien, pas l'ombre d'une reconnaissance, pas l'ombre d'une vision...

– Je ne comprends pas ce que vous dites... vous êtes l'un des écrivains les plus riches de la planète. Vos livres se vendent à des millions d'exemplaires, vous êtes traduit dans toutes les langues ! On fait des jouets, des films, des dessins animés à partir de vos histoires...

– Je ne te parle pas de ça, petit imbécile... Et toi, toi... un petit morveux de onze ans qui sait à peine accorder verbe, sujet et complément… tu as été choisi… Choisi !

D. L. Stern se retourna, dos à moi. Il fit un effort visible pour se contenir. Sa canette de Coca, broyée, atterrit dans la poubelle. Il se retourna, ayant retrouvé un semblant de sourire :

– Je ne sais pas ce que j'attendais, murmura-t-il comme pour lui-même. Je pensais qu'Ils résisteraient, qu'Ils m'enverraient un signe, un émissaire… Au lieu de quoi Ils se sont laissé détruire, Ils ont laissé anéantir la… cet endroit… Et tout ce qu'Ils ont trouvé à m'envoyer, c'est un gamin de onze ans… C'est pathétique…

– De quoi parlez-vous ?

– Ils n'ont que ce qu'Ils méritent, tu m'entends ? La roue a tourné, une bonne fois pour toutes. Je suis l'écrivain de littérature fantastique le plus célèbre, le plus riche de ce siècle ! Qu'Ils retournent à la poussière de leurs caveaux...

– Vous saviez ce que vous faisiez, n'est-ce pas ? Vous avez détruit volontairement la Citadelle.

– Et comment ! Et j'y aurais pris encore plus de plaisir s'Ils avaient opposé quelque résistance. Ça a presque été trop facile.

– Vous leur avez porté le coup de grâce. Le Marais de l'Ennui rongeait déjà la Citadelle depuis longtemps, et vous, vous n'avez fait que hâter les choses...

– Oui, cela fait des années que plus personne ne les lit. Tu as raison, ça n'a même pas été très difficile.

– Tout ça parce que vous n'avez pas eu le courage d'aller jusqu'au bout...

– De quoi parles-tu ?

– Mon grand-père était comme vous. Il voulait écrire, raconter des Histoires. Mais il s'est découragé avant même d'essayer.

– Ton grand-père ? Ton grand-père était écrivain ?

– Non, mon grand-père n'a jamais rien écrit. Il m'a juste raconté des Histoires. Il dit que la Citadelle devait sa survie à deux ou trois Conteurs par siècle, et que je pouvais devenir l'un d'eux. Enfin, que j'aurais pu…

– Il est trop tard, maintenant.

Son ton était dénué d'ironie, de méchanceté. Sa remarque n'en était pas moins cruelle.

– Je ne sais pas. J'essaierai quand même. Grand-Père dit que j'ai le Don, que je saurai créer l'Incréé, sauvegarder l'Imaginaire.

– Quelle stupidité ! Il ne reste rien, tu m'entends. Rien que Mes collections, Mes dessins animés, Mes marionnettes articulées.

– « Tu peux recréer ce qui a été perdu », a dit mon grand-père.

– Recréer ce qui a été perdu !

D. L. Stern m'agrippa par le bras, me traîna jusqu'à son bureau. De son autre main, il empoigna une statuette en plastique représentant un grand chien rouge à la gueule phosphorescente, dont le mouvement des pattes arrière déclenchait une giclée de gelée acide verdâtre.

– *Dans les griffes du loup-garou*, 250 000 exemplaires vendus en France, sept millions dans le monde. Qu'est-ce que tu peux recréer avec ça ?

– Vous avez entièrement copié sur Arthur Conan Doyle, le père de Sherlock Holmes. Vous avez pillé ses idées, recopié intégralement l'intrigue du *Chien des Baskerville*...

Je fixai la statuette, écarquillant les yeux, tâchant sans y parvenir de substituer dans mon esprit à ce jouet ridicule aux couleurs criardes la bête terrifiante que Conan Doyle m'avait fait imaginer en quelques lignes dès les premières pages de son roman, celles où, s'étonnant que Sir Charles Baskerville, ayant aperçu quelque chose sur la lande, s'en soit éloigné en laissant sur le sol des traces semblant indiquer qu'il marchait sur la pointe des pieds, le Dr Watson se voit corrigé par Sherlock Holmes : *« Il courait, Watson ! Il courait désespérément, il courait pour sauver sa vie... Il a couru jusqu'à en faire éclater son cœur et à tomber raide mort. »* Je ne sais pas ce que j'avais espéré… Que la statuette se transforme soudain, qu'elle retrouve la dignité de son modèle… Un instant, j'eus l'impression que la luminosité baissait dans la pièce, que quelque chose de la magie des mots de Sir Arthur Conan Doyle allait se manifester. Mais il n'en fut rien. J'avais été incapable d'aider Fang à recouvrer sa forme originelle. Comment avais-je pu croire un instant posséder le pouvoir de métamorphoser ce jouet de plastique que des millions d'enfants de par le monde avaient adopté, pour le ramener à sa forme première, celle d'une bête sauvage, brutale, née de l'imagination enfiévrée d'un auteur mort depuis près d'un siècle, et que plus personne, à part moi, ne reconnaissait sous sa forme nouvelle ?

Je me saisis d'une seconde statuette,

à l'effigie d'un vampire habillé de fringues disco, coiffé d'une improbable banane.

– Dracula, de Bram Stoker. Le prince des vampires... Transformé en rock-star obèse, et vendu en effigie dans les paquets de céréales chocolatées Chocula...

Une fois encore, l'intuition étrange qu'il allait se passer quelque chose, qu'une obscurité inexpliquée envahissait la pièce, se heurta au triste constat de mon échec. Le jouet de plastique continuait de sourire, un sourire hilare bordé de trop pulpeuses lèvres écarlates.

Mon désarroi provoqua l'hilarité de D. L. Stern. Empoignant une troisième statuette, il l'agita sous mon nez en gémissant d'une voix plaintive :

– Oh ! Élu des Grands Anciens ! Fils

de la Citadelle ! Sauve-moi ! Sauve-moi ! J'ai été fait prisonnier par un méchant auteur de best-sellers et seul un baiser pourra me rendre ma véritable apparence...

Tout en glapissant et en ricanant, il écrasa contre mes lèvres les griffes phosphorescentes et la tête couverte de tentacules de l'une de ses dernières créations. J'échappai à son étreinte, m'essuyai les lèvres, furieux :

– Ça aussi, vous l'avez copié ! Vous l'avez copié sur Lovecraft ! Dans *L'Appel de Cthulhu* ! *« La figurine, qui passa ensuite lentement de l'un à l'autre afin que chacun pût l'examiner avec attention, avait entre sept et huit pouces de haut et était d'un travail raffiné... Elle représentait un monstre à la silhouette vaguement anthropoïde, avec une tête de pieuvre dont la face n'aurait été qu'une masse de tentacules, un corps écailleux, d'une grande élasticité semblait-il, des griffes prodigieuses aux pattes postérieures et antérieures, de longues et étroites ailes dans le dos... L'ensemble était empreint d'une vie extraordinaire et d'autant plus subtilement redoutable que l'origine en était totalement inconnue...* »

– Bravo ! Tu dois avoir 20 sur 20 en récitation ! Où est-ce que tu as appris ça par cœur ? Dans une bibliothèque ? Qui se soucie de Lovecraft aujourd'hui ? Un raté, un inadapté, le prototype parfait du perdant magnifique ! Mort à quarante-trois ans, méconnu, sans un seul roman publié à son nom, en ayant passé les dernières années de sa pitoyable vie à retoucher anonymement les manuscrits impubliables d'incorrigibles ratés. Je touche plus d'argent pour une seule apparition télévisée que Lovecraft n'en a gagné dans toute sa vie !

– Vous êtes une ordure, un voleur. Vous n'êtes pas digne d'être écrivain. Je le dirai à tout le monde, je dirai quel plagiaire vous êtes...

La gifle de D. L. Stern me prit par surprise, m'envoya valser contre le mur. Des étoiles dansèrent devant mes yeux, et une vive douleur emplit ma bouche. Je portai les mains à mes lèvres. Je saignais. J'avais dû me couper la langue en tombant.

– Petit con ! vitupéra encore D. L. Stern avant de lever la main pour frapper à nouveau.

Il y eut un bruit sourd, comme un coup de vent à l'intérieur de la pièce, et D. L. Stern poussa un cri, agrippa son poignet. La canne à pommeau argenté resta suspendue un moment dans les airs, puis glissa à nouveau dans la main gantée de son propriétaire. Stupéfait, je levai les yeux. À quelques mètres à peine, debout contre le bureau de D. L. Stern, trois hommes en habit noir nous contemplaient d'un air où se lisaient la perplexité et la sévérité.

– Qu'est-ce que vous faites dans mon bureau ? Vous êtes dingue, espèce de connard ! Vous auriez pu me casser le bras !

L'homme à la canne leva un sourcil dédaigneux, visiblement peu impressionné par le ton menaçant et les invectives de D. L. Stern.

– Tout va bien, jeune homme ? demanda-t-il en se penchant vers moi.

– Oui. Oui, monsieur, je vous remercie.

– Un garçon bien élevé, remarqua l'homme à la canne en direction de ses acolytes. Je ne peux malheureusement pas en dire autant de vous, monsieur, dit-il en enfonçant la pointe de sa canne dans le sternum de D. L. Stern d'un coup sec.

L'écrivain poussa un soupir, se plia en deux, puis fit un geste en direction du bureau, tentant d'atteindre le bouton de communication avec son secrétariat.

– Nous ne désirons pas être dérangés, dit l'homme à la canne en interposant le pommeau d'argent entre la main de D. L. Stern et l'intercom.

– Effectivement, dit l'un de ses acolytes, qui était resté muet jusque-là.

Sa voix, comme le bruissement du vent dans un sous-bois d'automne, me fit frissonner, et je reconnus l'un des

Conteurs qui avaient entouré Grand-Père dans la cave sous la Citadelle. Nous avons à vous parler, monsieur Stern. Nous aimerions avoir un entretien avec vous sur la notion de propriété littéraire…

– Allez vous faire foutre, tous les trois ! Et les autres aussi ! Vous croyez que je ne vous reconnais pas ! Vous croyez que je ne sais pas qui vous êtes ! Vous ne pouvez rien contre moi ! J'ai des contrats en béton, et des avocats en pagaille ! Vous êtes morts, tous, depuis au moins soixante-dix ans ! Vous n'avez plus aucun droit d'auteur !

– Vous allez un peu vite en besogne, monsieur l'écrivain, reprit l'homme à la voix sépulcrale. Je suis décédé en 1937…

– Quand bien même, j'en ai rien à foutre ! Qu'espérez-vous, me traîner en justice ? Dans quel monde vivez-vous donc ? Aujourd'hui, tout le monde copie tout le monde, et personne n'en prend ombrage. Vous devriez m'être reconnaissants d'avoir su accommoder vos livres au goût du jour.

– Ce n'est pas exactement comme ça que nous voyons les choses, reprit l'homme à la canne. À cause de vous, personne ne nous lit plus. Et vous avez causé beaucoup de tort à nos créatures, dit-il en désignant les jouets en plastique sur le bureau. C'est quelque chose que nous ne pouvons accepter.

– Je suis terrifié, ricana D. L. Stern. Proprement terrifié ! Qu'est-ce que vous pouvez contre moi ? Je suis l'auteur le plus lu de ma génération, quand plus personne ne se souvient même de votre nom…

L'homme à la canne pinça les lèvres, tourna légèrement la tête dans ma direction.

– Vous devez être… Bram Stoker, dis-je, le créateur de Dracula. Et vous, vous êtes Sir Arthur Conan Doyle, l'inventeur de Sherlock Holmes… Et monsieur… vous êtes Howard Phillips Lovecraft, l'inventeur du mythe de Cthulhu…

– Cela se prononce K'Thoo'Loo, jeune homme, corrigea l'homme à la voix d'automne, sans pouvoir dissimuler un sourire.

– C'est ta faute, petit con. Tout est de ta faute, gronda D. L. Stern.

– Je vous en prie, n'insultez pas ce jeune homme. Nous tenons beaucoup à nos lecteurs…

– Vos lecteurs…, répéta D. L. Stern.

Puis la compréhension le submergea, et il fut pris d'un fou rire spasmodique.

– Vos lecteurs ! Vos lecteurs ! Vous voulez dire : votre lecteur ! Votre unique lecteur !...

Puis, s'adressant à moi, il me fit un clin d'œil appuyé :

– Je retire tout ce que j'ai dit, confrère ! Tu as un sacré talent !

Il se tordait de rire, pointant son doigt vers moi, puis vers les trois écrivains interloqués.

– Vous..., réussit-il à articuler dans un spasme, avant de se contorsionner de plus belle.

Conan Doyle jeta un regard entendu à Bram Stoker, en tapotant discrètement son index gauche contre sa tempe.

– Vous et lui... Vous et lui...

– Vous devriez vous asseoir, monsieur. Vous allez avoir une attaque…, osa Lovecraft comme D. L. Stern prenait progressivement une teinte écarlate.

Des larmes perlaient de ses paupières rougies. Un mince filet de bave, qu'il avait vainement tenté d'essuyer, avait coulé le long de sa joue pour venir maculer sa chemise.

– C'est votre seul lecteur, réussit-il enfin à expirer dans un souffle avant qu'une nouvelle crise ne le convulse contre le bureau.

– Sir Arthur, cet homme a besoin d'un médecin, dit Bram Stoker. Il s'étouffe.

– Je suis désolé, répondit Conan Doyle. J'ai cessé d'exercer depuis bien longtemps…

– Comment fait-on marcher cette… chose, dit Bram Stoker en pointant sa canne vers l'intercom.

Je fis quelques pas en avant, essayai de comprendre quelque chose au fonctionnement de l'appareil. D. L. Stern hocha la tête entre deux hoquets, me fit signe d'approcher. Il avait repoussé son fauteuil de cuir pour s'accouder à la fenêtre ouverte, tâchait de calmer son fou rire en aspirant l'air frais du dehors, sans y parvenir. Je crus qu'il voulait me montrer comment marchait l'appareil, avançai vers lui.

– J'aurais dû faire attention, murmura D. L. Stern, comme pour lui-même. (Un ricanement lui échappa, qu'il maîtrisa aussitôt.) J'aurais dû faire attention… (Il aboya un rire bref, sans joie, comme une décharge électrique.) Je m'en voudrai toute ma vie, chuchota-t-il en se tournant vers moi, et son visage arborait une expression de si profond accablement que j'en fus bouleversé.

Tout se passa ensuite si rapidement, que je ne compris que bien plus tard ce qui m'était arrivé. Je posai délicatement ma main sur la manche de D. L. Stern pour tenter de le calmer. Ses lèvres frémirent.

– Il s'est trop approché de la fenêtre, balbutia-t-il. Ce fut... un terrible accident...

Et avant que j'aie pu saisir le sens de ses paroles, je volais dans les airs, la pression du vent m'arrachant l'air des poumons, noyant mes yeux de larmes aussitôt évaporées.

– Plus de lecteur, plus d'auteurs ! avait hurlé D. L. Stern en me projetant par la fenêtre avec un rire insane.

Cette phrase résonnait dans ma tête sans que j'arrive à la comprendre, trop occupé à tenter de me faire une idée de ce qui allait m'arriver dans quelques secondes. La paroi de l'immeuble, des fenêtres ouvertes, un ciel bleu magnifique, un homme âgé écrasant une cigarette sur la balustrade de son balcon... Autant d'images fugitives qui défilaient devant mes yeux sans avoir le temps de s'imprimer dans ma mémoire... Ma mémoire... Qu'en resterait-il? Rien. Je disparaîtrais, et avec moi Grand-Père et les Conteurs, la Citadelle... Plus de carnet scolaire, plus de coups de gueule de mon père, plus de visites chez le dentiste, plus de réveils nocturnes ni jamais plus la main de Maman sur mon front quand j'avais de la fièvre. Je n'aurais plus jamais de fièvre, ni rien d'autre d'ailleurs. Et je n'écrirais jamais aucun livre.

À cette pensée fugace, la terreur, une terreur aveugle, panique, s'empara de moi. Et comme, cherchant vainement à freiner ma chute en fouettant l'air de mes mains, j'ouvris la bouche pour lancer un dernier hurlement, mon souffle fut brutalement coupé par une secousse qui faillit me démantibuler comme un pantin. J'ai touché le sol, pensai-je. Je me suis écrasé comme une crêpe en tombant du vingt-cinquième étage mais c'est allé tellement vite que mon cerveau n'a pas eu le temps d'enregistrer le moment de l'impact. C'est plutôt une bonne nouvelle, d'ailleurs. Ce qui est étrange, c'est que je puisse continuer à penser à des âneries pareilles, alors que ma cervelle se répand probablement en ce moment comme un camembert bien fait le long du caniveau.

Une violente douleur enserra ma poitrine, et je toussai, expectorant une fontaine de morve et de larmes, qui décrivit un arc de cercle et s'écrasa sur le toit d'un taxi dans l'avenue en contrebas. C'est alors seulement que je compris que je reprenais de la hauteur, et que j'étais encore suffisamment vivant pour tousser, cracher et pleurer. Le vent résonnait toujours à mes oreilles, mais je montais au lieu de descendre. Je levai les yeux. Au-dessus de moi, une énorme masse grise bloquait le soleil. J'y portai la main, touchai la pierre froide et rugueuse, pourtant vivante et parcourue de frémissements.

– Fang? murmurai-je pour moi-même, mais le vent emporta son nom.

FANG ? répétai-je, FANG ! de plus en plus fort.

Il se redressa, se cabrant dans les airs comme un oiseau de proie. Ses ailes, démesurées, semblaient un pan de la nuit apparue en plein jour, où je voyais scintiller des étoiles inaccessibles.

Il était comme je l'avais vu au premier jour, immense, massif, indestructible. Les lance-roquettes en plastique, la mâchoire rétractile, les oripeaux dont l'avait affublé D. L. Stern avaient disparu.

Ses griffes enserraient ma poitrine, coupant ma respiration.

– **Désolé, petit Maître. J'ai dû parer au plus pressé**, dit Fang de sa voix de rocaille.

– Mais… mais comment ?! !

Fang sourit :

– **La Peur, petit Maître. La plus**

ancienne et la plus forte émotion de l'Humanité, c'est la Peur... Elle dévoile le pire et le meilleur dans l'homme, des conduites ignobles comme des pouvoirs insoupçonnés...

Fang déploya ses ailes au-dessus du balcon où D. L. Stern, livide, tenait en respect les trois Conteurs, brandissant un ordinateur portable comme une arme. En me voyant réapparaître, Conan Doyle lâcha un soupir de soulagement, poussa Lovecraft du coude :

– Ce petit a de la ressource. Holmes se fiait toujours aux gamins quand une de ses enquêtes piétinait...

Fang me déposa sur la terrasse, atterrit à mes côtés.

– Ne le laissez pas s'approcher de moi, cria D. L. Stern.

Fang gronda, découvrant ses dents, et

je posai ma main sur son flanc pour le retenir.

– Il ne vous fera pas de mal…, balbutiai-je.

Mais le regard de haine et de terreur que me lança D. L. Stern me fit comprendre mon erreur. Ce n'est pas de Fang qu'il avait peur, mais de moi.

– Ne le laissez pas s'approcher ! hurla encore D. L. Stern, dans une gerbe de postillons.

– Je sais qui vous êtes, murmurai-je. Je sais qui vous êtes. Mon grand-père me l'avait dit : la Citadelle ne doit sa survie qu'à deux ou trois Conteurs par siècle. Mais le temps n'avance pas là-bas comme dans notre monde. Vous n'avez pas eu la patience ni le courage d'attendre que vos écrits trouvent un éditeur, un public. Vous avez trahi les

Conteurs, mais surtout... surtout... vous avez trahi le Don.

– Tais-toi, petit morveux. Que sais-tu de ce que j'ai enduré, de ce que j'ai espéré ?

– « L'important est que tu t'attelles à cette tâche, m'a dit mon grand-père, que tu ne perdes pas espoir, que tu saches écrire, travailler, retravailler tes phrases sur le papier des dizaines de fois jusqu'à ce que leur simple vision évoque pour des lecteurs que tu ne connaîtras jamais des paysages magnifiques, des légendes sublimes, des monstres épouvantables. Que tu saches, avec des lettres noires sur du papier blanc, avec des taches d'encre sur de la fibre végétale, faire naître une émotion. »

– L'enfant dit vrai, dit Bram Stoker. Vous avez cherché à nous détruire, par dépit. Or la Citadelle punit sévèrement ceux qui la renient.

– Personne ne se souvient plus de vous ! hurla D. L. Stern. Vous n'avez plus aucun pouvoir.

– Il suffit d'un lecteur, murmura Lovecraft, comme s'il lisait une épitaphe sur une tombe. Il suffit d'un lecteur par siècle.

– *« C'était un chien,* récita Conan Doyle, *un chien énorme, noir comme du charbon, mais un chien comme jamais n'en avaient vu des yeux de mortel. »*

D. L. Stern dut comprendre ce qui allait se passer. Il jeta l'ordinateur portable vers nous, esquiva la canne de Bram Stoker et fonça droit vers la porte. Il l'ouvrit, mais là où aurait dû trôner le spacieux bureau de sa secrétaire, il se trouva face à un long corridor de pierre, éclairé par des flambeaux que portaient une douzaine de bras humains fichés dans les murs. Il eut une brève hésitation, puis reprit sa course, tandis que Conan Doyle continuait son invocation :

– *« Du feu s'échappait de sa gueule ouverte, ses yeux jetaient de la braise, son museau, ses pattes s'enveloppaient de traînées de flammes. Jamais aucun rêve délirant d'un cerveau dérangé ne créa vision plus sauvage, plus fantastique, plus infernale que cette bête qui dévalait du brouillard. »*

La statuette de plastique du loup-garou se renversa sur le bureau. Ses contours se brouillèrent, tandis que l'obscurité envahissait la pièce. Et dans le noir, sans la voir, je sentis bondir une forme hideuse, terrifiante, dont le passage laissa une odeur de poudre et d'encens. Bram Stoker fit mine de tendre l'oreille, d'une manière un peu théâtrale, et récita à son tour :

– « *Le comte se tourna vers moi avec des yeux brillants et dit : "Écoutez-les ! Les enfants de la nuit ! Comme leur musique est douce..."* »

Il n'avait pas fini de parler que sa voix fut couverte par un concert de hurlements, de jappements, et j'entendis passer, au loin dans le couloir, une horde de loups courant dans la neige, et le hennissement affolé d'un attelage de chevaux. Enfin Lovecraft prit la parole :

– « *Tous écoutèrent, et ils écoutaient tous encore quand la Chose s'avança, pesante, et leur apparut au moment où Elle faisait glisser en tâtonnant son immensité verte, gélatineuse, par l'ouverture noire, afin de gagner l'air pollué, sorti de cette cité de poison et de folie... La Chose ne peut être décrite... Une montagne s'était mise en marche et progressait en trébuchant... »*

Sous nos pieds, je sentis trembler les fondations de l'immeuble. Autour de nous, je vis que le paysage rassurant de la grande ville avait disparu et que, du bâtiment où nous nous trouvions, comme une vague, naissaient des pans de mur, des excroissances, des clochers et des escaliers en colimaçon, des esplanades de temples dont les contours défiaient la géométrie terrestre. La Citadelle reprenait ses droits. J'approchai de la baie vitrée, la griffe protectrice de Fang posée sur mon épaule, et tentai d'apercevoir la ville en contrebas. Nous étions entourés de tours, de châteaux forts délabrés, de passerelles de bois jetées par-dessus des gouffres insondables, de ruines médiévales nappées de brume. Et, au sein de cette architecture en constante expansion, un homme courait, un homme seul, éternellement poursuivi par une horde de démons.